novum pocket

Werner Marx

Meine Aphorismen

novum pocket

Bibliografische Information
der Deutschen Nationalbibliothek:

Die Deutsche Nationalbibliothek
verzeichnet diese Publikation in der
Deutschen Nationalbibliografie.
Detaillierte bibliografische Daten
sind im Internet über
http://www.d-nb.de abrufbar.

Alle Rechte der Verbreitung, auch
durch Film, Funk und Fernsehen, fotomechanische Wiedergabe, Tonträger, elektronische
Datenträger und auszugsweisen
Nachdruck, sind vorbehalten.

Gedruckt in der Europäischen Union
auf umweltfreundlichem, chlor- und
säurefrei gebleichtem Papier.

© 2023 novum Verlag

ISBN 978-3-99010-678-5
Lektorat: Melanie Dutzler
Umschlagfoto:
Finwal I Dreamstime.com
Umschlaggestaltung, Layout & Satz:
novum Verlag

www.novumverlag.com

So wie die Katze im Hause, so meist auch der Schmaus auf dem Tische.

So wie man altert, so auch vergehen die Jahre der Besinnung und des Vergehens.

Wenn du bist ein sehr aufgeweckter Mensch, so du meist jeden Morgen mit dem Klingelton deines Weckers musst aufstehen.

Ist der Trank auch noch so gut auf einmal, auch ein guter Schmaus her muss.

Beschäftigst du dich nur mit dir selber, so ziehe einmal an deiner Krawatte, es schließlich auch andere Menschen noch gibt.

Was man kann gut erledigen, dies man auch gut besorgen sollte.

Kräht der Hahn vom Häuserdach, es nicht unbedingt auch noch sein muss um acht Uhr morgens.

Blödheit meist der Anfang von Wahnsinn ist.

Ein Ritter immer hatte ein Schwert, aber auch ein Taschentuch, darum auch heute man noch habe nicht nur ein Handy und ein vollgefülltes Portemonnaie, sondern habe wie die Ritterschaft früher ein Taschentuch, um gerade wegen der modernen Utensilien bei Verstimmung dieser um Verzeihung zu bitten.

Der Käufer Wege können sein lang, die des Händlers aber auch.

Für kurze Wege man nicht machen braucht kurze Schritte, dies tun meist nur Verklemmte, um sich zu erschleichen einen kurzen Schwips.

Wenn der Besoffene schlendert die Straße entlang, sollte er einmal mitnehmen eine Straßenlaterne, damit er sich kann vergewissern, wenn er wieder ist nüchtern, dass er noch vor kurzem so lang im Kopfe war, wie lang ist eine Straßenlaterne.

Der Anfang von Blödheit wohl ist, sich dauernd klar zu machen müssen, was man sich nicht kaufen kann für einige Cent.

Bist du einmal mit dem Schrecken davon gekommen, so suche nicht gleich wieder den nächsten Schreckensanlass.

Wenn etwas ist umgedreht, es man eben noch kann wenden.

Bist du gut im Ratespiel, so versuche ruhig einmal herauszufinden, wie alt deine Uroma heutzutage wäre.

So schlau wie die Maus auch ist, bei ein bisschen Speck in der Mausefalle sie auch nur tappt hinein.

Was man ist einmal unterlegen, man kann trotzdem wieder besiegen, dies das Gute bei so allerlei Spielseligkeit mag sein, aber wer dauernd verliert, der das Glücksspiel lieber lasse sein.

Mit Gepolter kommt der Weihnachtsmann am Weihnachtsabend herein bestimmt, weil zu voll ist der Sack mit Geschenken, aber verlässt der Weihnachtsmann nach dem Beschenken an so allerlei Kinderschar, auch mit Gepolter die Wohnungstür, so sind in dieser Familie die Schulden sicherlich auch nicht rar.

Was der Ehre wert ist, kann des Guten schon zu wenig sein.

Umso mehr Möglichkeiten man hat, desto umsichtiger wird man meist.

Was ist mit Aberwitz, meist ein lautes Lachen nach sich zieht.

Ein leises Lachen einen nicht nur kann berühren, sondern einen auch kann verändern.

Wird der Widerstand auch noch so groß, ihn zu brechen, es immer eine Möglichkeit gibt.

Eine gute Stimmung auch ohne Alkohol aufkommen kann.

Wie der Fuchs sich zum Schlafen in seinen Bau verzieht, die Katze eben sehr bescheiden ist und sich nur legt ins Gras.

Der Mensch muss sich ernähren, aber was er sich zubereitet, meist an seinem geistigen Verständnis liegt.

Wie man so schön sagt, dass Lügen haben kurze Beine, so auch haben können zu kleine Ohren.

Willst du essen in einem Restaurant nach der Speisekarte und findest du auf dieser nicht das Richtige, so bitte doch einfach den Koch herbei, dass er dir kocht ein Extramenü.

Willst du werden sehr alt, so meide Fleisch zu essen und verzichte nicht nur auf Alkohol, sondern gib in der Jugendzeit schon Acht, was du treibst mit deiner sexuellen Potenz.

Ist der Alkohol alle, es nichts Einfacheres gibt, als neuen zu kaufen, und man sich nicht wundern braucht, dass die Steuereinnahmen von Jahr zu Jahr sind im Steigen.

Hast du ein Wehwehchen, so du nur meist eine Salbe drauf schmieren brauchst.

Wer gern isst Haferflocken, der am nächsten Tag auch das Müsli nicht verschmäht.

Hast du auch noch so große Löcher in deinen Socken, eine geschickte Hausfrau auch dies hinbekommt.

Ist es wie mit dem Teufel in dir, so du nicht gleich gehen musst zum Psychiater, du meist nur gehen musst eine Runde ums Haus.

Wenn frühmorgens kräht der Hahn, du nicht gleich aufstehen musst, du dich im Bette noch einmal wendest und friedlich so daher schläfst und träumst, wie wird bald der Hahn von dir gerupft.

So wie es ist mit der Frau, so es meist auch ist mit dem Alkohol. Was so geschrieben ist in Büchern, niemals kann geschehen in Wirklichkeit.

Hast du es mit den Sternen, so du diese nur mit ihren Sternennamen kennen musst, um dir davon zu erstellen ein Horoskop.

Wenn du blicken willst in die Zukunft, so du nicht kennen musst den Sternenhimmel, sondern auch das Funkeln der Sterne stundenlang beobachten solltest.

Kannst du nachts nicht schlafen, so versuche es mit einem Schluck aus der Branntweinflasche.

Würde sich die Erde nicht um die Sonne drehen, so wohl nicht einmal schwindlig würden wir werden können.

Propheten wohl werden zu Bettlern, wenn ihre Wahrsagungen werden nicht wahr.

Wenn du wirst vor vieler Lügen rot im Gesicht und gerade scheint ein heller Sonnenstrahl, so schiebe dein Rotwerden einfach der Sonne zu.

Was ist mit viel Geist erfunden, meist auch wird sehr beachtet und obendrein auch wird gut bezahlt.

Was ist lang, gar nicht groß sein muss.

Wie du bist geschwind, du eben bist sehr, sehr schnell.

Nach der Katze Spiel mit der Maus, meistens folgt der Katze leckerer Schmaus.

Was ist zutreffend, gar nicht immer von Bedeutung sein muss.

Wer ist ein bisschen verliebt, der meistens auch schneller errötet.

Staubsauger machen eine Menge Krach, aber jeden Schmutz kriegen sie meistens dennoch nicht weg.

Die erste Liebe meistens dort beginnt, wo man sich es nicht erträumt hat.

Hat die Hose erst einmal ein Loch, man sie ruhig kann wegschmeißen.

Menschen, die gern schwatzen, meistens auch haben eine längere Zunge.

Was ist verblüffend, sehr schnell auch wieder kann sich als ein Bluff herausstellen.

Sind die Schuhe heutzutage kaputt, man sie einfach in den Müll wirft, nicht wie früher man die Schuhe brachte zum Schuster.

Ein Kassenschlager im Kino, es im Fernsehen noch lange nicht sein muss.

Wenn der Wasserhahn tropft, man ihn eben muss reparieren.

Was einen Menschen überlebt, dies ist ein von ihm geschriebenes Buch.

Erzieht die Mutter ihren Sohn, so möge es geschehen wie bei einer Eisenbahn, die immer eilend auf zwei vorgegebenen Schienen fährt.

Was ist eilend, gar nicht allzu schnell sein muss.

Niemand hat das Eisenbahnkursbuch vollständig im Kopf, genau wie ein Priester nicht seine Bibel.

Hast du es mit dem Schnaps, so bist du auch öfters zu betrunken.

Willst du machen eine Reise, so vergesse nie die Wegnahrung.

Hast du es öfters mit dem Teufel, so du sicherlich einem Clown ähnlich siehst.

Was man kann modellieren, das man kann auch wirklich erbauen.

Wo dein Schatten kann hinfallen, nicht unbedingt die Sonne scheinen muss.

Wenn du bist ein Sprachgenie, du dich auch besser mit Tieren verständigen kannst.

Wenn du bist auf leisen Sohlen, du gar keine Schuhe anhaben musst.

Wer viel isst, der meistens auch dicker ist.

Ist das Heu eingefahren, die Ernte für jenes Jahr beendet ist.

Ist die Saat auch noch so gut, diese nicht immer gut erspießen muss.

Was man so kann alles erzählen, man gar nicht selbst erlebt haben muss.

Wenn du erklimmst die Gipfel der hohen Berge, so du diese auch unter schweren Mühen wieder hinabsteigen musst.

Bist du ein Wandersmann, so du meistens auch einen Gehstock hast zu deiner Seite.

Der Essig ist bitter, der Honig ist süß, aber Tabletten sollten schmecken nach nichts.

Was nicht steht, muss noch lange nicht liegen.

Was ist sehr heiß, durchaus auch angefasst werden kann.

Wer hat viel Bildung, durchaus nicht schlau sein muss.

Wer hat etwas Anstand, ansonsten durchaus nicht als höflich angesehen werden kann.

Wer ist sehr bescheiden, meistens auch einen Scheitel als Haarschopf hat.

Bist du mit vielen Personen per DU, sie wohl alle gut kennst.

Bist du von einer Vorführung begeistert, du dieser meistens auch Beifall zollst.

Bist du einmal aufgestanden aus deinem Bette, mancher sich seine Träume verwirklicht.

Was ist erst einmal entzündet, meistens auch tut weh.

Wer ist sehr verspielt, wohl noch mehr Spielzeug braucht.

Ist erst einmal der Brand in vollem Ausmaß, meistens ist nichts mehr zu retten.

Bist du wie ein Tiger, du wohl scharfe Finger- und Zehennägel hast.

Ein alter Greis durchaus schön aussehen kann.

Dein Liebling hat versagt, also besorgt dir einen Neuen.

Was ist gut gewachsen, durchaus meistens auch gut schmeckt.

Wer ist immer sehr höflich, dem sei ein scharfes Wort auch einmal gestattet.

Nicht nur Greise alt aussehen können, die Jugend manchmal wohl auch.

Wer ist mit viel Verstand, der eben scheint von Gott beschienen.

Auch auf der Straße man ein kleines Glück kann finden, viel wurde darüber schon beschrieben, also auch mancher Lektüreautor den besten Einfall fand bei einem Bummel durch die Straßen seiner Stadt.

Ein Witz kann auch sein gut, auch wenn keiner darüber lacht.

Sind deine Verwandten alle schon verschieden, so leg dir zu einen neuen Partner.

Wer bläst zu viel ins Horn, der davon durchaus dicke Backen kann bekommen.

Nicht nur in der ersten Klasse die Schriftzeichen müssen buchstabiert werden, nein, bei so manchen Erwachsenen wohl auch.

Alles, was dir ist gut erschienen, nicht nur Frauen, Zigaretten und Schnaps sein muss.

Wer anderen stellt öfters ein Bein, dem wünscht man manchmal, dass er einst geht wie auf Krücken.

Was wiegt belastend, gar schwer sein muss.

Schnaps und Bier kannst du trinken, bis sie steigen in die Krone deines Kopfes.

Einem der Schnaps steigt in die Gehirnkrone, man damit nur aufzuhören braucht.

Ist alles still, braucht es noch nicht ruhig sein.

Was sich nicht ziert, trotzdem noch anständig sein kann.

Was man kann verwerfen, man noch gar nicht wegzuschmeißen braucht.

Trinkst du zu viel Schnaps, so vergiss bitte nicht, am nächsten Tag mit Mundwasser nachzuspülen.

Was ist der Ewigkeit beschieden, trotzdem ein Ende haben kann.

Was sich nicht ziemt, ist, den Schlips ohne Knoten zu tragen.

Wer sich verwehrt, trotzdem gefangen werden kann.

Bist du beruflich sehr gefordert, so intensiv meist deine Freizeit ist.

Wer ist bescheiden, der meist auch höflich ist.

Nicht zu jedem Gewaltakt gehört ein Brechwerkzeug.

Trauern tut man meistens länger, als man trägt schwarze Kleidung.

Was stinkt, meistens auch schlecht aussieht.

Nicht nur zu viel Cola zu trinken, einen potenter machen kann.

Mädchen, die gut aussehen, meistens auch gut tanzen können.

Wird der Mülleimer geleert, meistens schon wieder vergangen ist eine ganze Woche.

Wird der Mülleimer geleert, man ihn meistens auch säubern muss.

Ist die Schnur auch noch so lang, ein Ende hat sie aber immer.

Was so alles kann pfeifen, nicht nur Pfeifen sein müssen.

Bist du wie wild, du nicht gleich wie ein aufgescheuchtes Pferd sein musst.

Zu viel Kaffee zu trinken, einem wohl wirklich kann verdrehen die Gedanken.

Was dich nicht kann jucken, das du eben einfach nicht weißt.

Wenn Katzen können fangen Mäuse, sie eben sind gesund.

Hat man Angst, meistens Dunkel dazu um einen ist.

Seifenrennenfahrer wohl wirklich auf Seifenschaum fahren.

Wie du sein kannst sehr schnell ein Held, du genauso schnell ein Versager sein kannst.

Wehen die hochgezogenen Fahnen im Wind, bald wohl wieder ein Feiertag ist.

Nicht nur Pflanzen, sondern auch Menschen aufblühen können.

Ist der Kochtopf auch noch so voll, genauso schnell er auch wieder leer gegessen sein kann.

Meinst du einmal etwas ein bisschen ernst, du es gar nicht streng gemeint haben musst.

Das Essen von Popcorn einen wirklich poppig machen kann.

Wie du bist mitgegangen, so du kannst sein mitgefangen.

Nicht nur Eulen in der Nacht gut sehen können.

Was ist schief, gar nicht zu schräg sein muss.

Wenn du bist gut gelaunt, du eben meist auch ein gutes Ambiente ausstrahlst.

Was beim Buch sein kann ergänzend, nicht nur im Anhang stehen kann.

Wenn etwas ist sehr billig angeboten, es durchaus auch Qualität kann haben.

Ist etwas gerecht, so es meistens schwer erkämpft worden ist.

Knippst du einen Schalter, auch gar passieren kann.

Wie es ist mit den Arbeitspausen, so gut oder nicht ist die Arbeitsmoral.

Was ist geregelt, gar nichts mit Reglern zu tun haben muss.

Was immer hilft, ist, einen guten Rat zu befolgen.

Bist du mit dem Jammer, so trinke einen Kümmelgeist.

Was ist dick, auch noch dicker werden kann.

Der Hausputz ist auch noch so anstrengend, allen Dreck bekommt man sowieso nicht weg, darum bedenke, mit dem Hausputz zum richtigen Zeitpunkt aufzuhören.

Was gut gestriegelt sein kann, nicht nur ein guter Haarschnitt sein muss.

Ist der Kochtopf noch so groß, mehr als einige Liter gehen trotzdem nicht hinein.

Bist du mit jemandem per DU, so brauchst du IHM nicht gleich jedes Mal auch noch die Hand zu geben.

Ein Bier in Ehren, ist der Schnaps doch nicht weit weg.

Was du dir jederzeit kannst verzeihen, ist, einen guten Rat zu befolgen.

Isst man die Schnitte ohne Butter, schmeckt sie nur halb so gut.

Hast du eine Autopanne, so benachrichtige nicht nur den ADAC, sondern so stelle bitte auch das Warndreieck auf.

Bist du wie gemeiert, so heißt du wohl Meier.

Bienenwachs auch gut fürs Heim zum Bohnern des Fußbodens ist.

Wenn man sich fühlt wie kein Held, man sicherlich noch keine Frau gehabt hat.

Der Wahnsinn meistens dort beginnt, wo der Blödsinn hat aufgehört.

Bist du öfters nervös wie Drops, so bist du dazu auch noch klein von Wuchs und rundlich wie eine Drehscheibe, so passt du eben nicht in die Reihe und fällst immer wieder heraus und keiner weiß, wo du eigentlich hingehörst, und wirst verarscht von jedem.

Was gut hält, ist immer Alleskleber.

Was ist in Ehren, nicht auch noch immer geehrt werden muss.

Ist eine Festung auch noch so standhaft gewesen, sie sind alle einmal erobert worden.

Will dir jemand eine hauen auf die Schnauze, so halte sie auch nicht gerade hin.

Was ist mit Verlust, gar nicht immer mit einem Minuszeichen beginnen muss.

Wer blond von den Haaren her ist, der auch gerne hellere Kleidung trägt.

Was ist mit Verstand, noch lange nicht mit Weisheit gesegnet sein muss.

Bist du wie ein Sonderling, du wohl etwas gut absondern kannst.

Ist der Katzenschmaus auch noch so lecker, die Katze trotzdem bald wieder schnurrt.

Ist etwas weit weg, es auch nur angefahren werden muss.

So weit wie man sich absondert von anderen Mitmenschen, soweit auch die Toleranz zu ihnen ist.

Wohnst du nur zur Miete, so lege bitte keinen Dreckhaufen an, der aussieht wie eine Viehmiete.

Ist etwas halb so lang, so kann es trotzdem noch zu lang sein.

Wer kann gut hören, der gar nicht können muss besonders gut anlegen seine Ohren.

Wo wird das Bier in Maßen getrunken, das Kartenspielerglück auch nicht weit weg ist.

Was ist schräg, gar nicht schief sein muss.

Nicht alles, was herumliegt, auch aufgehoben werden kann.

Nicht immer hat sich bilden mit Bildung zu tun.

Was ist bezüglich, auch bezogen werden kann.

Nicht alles, was ist krumm, auch wieder gerade gebogen werden kann.

Nicht alles, was blutet, auch eine Wunde sein muss.

Das nicht nur Gelbe vom Ei, auch nicht immer der Dotter sein muss.

Was ist ohne Prinzip, gar nicht ohne Bedeutung sein muss.

Was fehlt bei einer Schmiererei, meistens noch der Dreck ist.

Was schon immer dort gelegen hat, auch auf einmal weggenommen werden kann.

Was ist von dannen, gar nicht weit weg sein muss.

Handelst du mit einem Halunken, du sehr schnell Halluzinationen bekommen kannst.

Nicht nur das Erbrecht bei einer Testamentsabschrift festgelegt werden kann, nein, auch böse Überraschungen.

Was ein Gauner nie vorher weiß, wohl ist, ob er am nächsten Tag schon mal wieder sitzt im Knast.

Ein Kuchen nicht immer haben muss einen süßen Geschmack, auch bitter wie mit Rhabarber Gemachtes sein kann.

Bist du wie ein Hund, bist du wohl auf den Hund gekommen.

Was ist schräg, gar nicht schief sein muss.

Fängt die Katze eine Maus, sie eben einen Schmaus mehr hat.

Was ist bezüglich, gar nicht bezogen werden muss.

Ist der Satan erst einmal in dir, du diesen bald malst an die Wand.

So wie geronnen, wo meist auch gewonnen.

Nicht nur ein Kalif, sondern auch der Papst ein großes Reich besitzt.

Wie ein Biest, dann meistens auch mit viel Dornen.

Willst du auch einmal sein wie ein Hecht im offenen Ozean, du nur gegen die hohen Wellen anschwimmen musst.

Was ist aus Blei, gar nicht bleiern sein muss.

Ist es dir wie im Paradies, du nur noch wundersame Blumen pflücken musst.

Was steht so alles auf dem Papier, auch gar keine Bedeutung haben kann.

Ist der Deckel auf die Büchse gesetzt, sie eben ist schon zu.

Hast du es mit einem Partner, du gar nicht auch noch verliebt sein musst.

Nicht alles, was aufrecht steht, auch umkippen kann.

Runtergespielt gar nicht weggespült bedeuten muss.

Ein Trumpf im Skat mit einem Trumpf in einer Liebe verglichen werden kann.

Hast du dir einen Schnupfen weggeholt, so du eben brauchst meistens einige Taschentücher.

Wenn du kommst in die erste Klasse, du eben dort lernst erst einmal das ABC des Lesens und Schreibens.

Wie du bist einmal geboren, du auch einmal sterben musst.

Wie man kann etwas erstreben, man es auch genauso schnell wieder verlieren kann.

Jeder Meister auch einmal als Geselle angefangen hat.

Wer zeitig verstirbt, trotzdem mehr erlebt haben kann.

Was gehalten wird von allen für Blödsinn, trotzdem einen Sinn haben kann.

Ob du isst grüne oder weiße Bohnen, ein Pups meistens folgt.

Alles, was ist ohne Gerechtigkeit, auch einmal ein Ende hat.

Was ist schön, auch eine Heimlichkeit kann sein.

Wenn du springst, du eben nicht nur gehüpft bist.

Hast du es mit dem Langlauf, du nicht nur brauchst eine gute Kondition, sondern auch ein gutes Zeiteinteilungsgefühl.

Die Liebe auch durchaus in die Unendlichkeit des Sternenfirmaments sich entzaubern kann.

Manche Tiere spucken, andere beißen, aber streicheln lassen sich nur zahme Haustiere.

Hast du einen zu viel getrunken, du dich nicht gleich fühlen musst wie ein General in einer Feldschlacht.

Hast du zu viel Langeweile, so drehe am besten einen Daumen um den anderen.

Wie man sehr klein sein kann, muss man nicht gleich als Zwerg verhöhnt werden.

Trauerst du öfters, du nicht gleich immer im schwarzen Anzug gehen musst.

Da, wo das Glück kann hinfallen, schon viele glücklich werden konnten.

In der Stille der Nacht viele Dinge können passieren, besonders wenn Liebe mit ist im Spiel.

Der Honig schmeckt ach noch so gut, aber sehr mühsam durch fleißiges Sammeln von Bienenvölkern er entstanden ist.

Wenn einem eine Biene beißt, nicht gleich eine Schwellung muss entstehen.

Die Spielzeit des Krimis im Fernsehen war noch so kurz, aber spannend war er trotzdem.

Was einen macht sehr lebhaft, ist, jede Nacht zu zählen, wie viele Sterne am Himmelfirmament sind zu sehen.

Verstreicht die Zeit zu langsam, so versuche es einmal mit einer Fahrradtour.

Wie viel eins plus eins ist, man sich an den Fingern kann abzählen, aber wie viel man im Monat kann verdienen, man nur kann zeigen manchmal mit dem Zeigefinger drauf.

Einen Hasen man bezeichnet nicht gleich als Hüpfling, nur weil er auch kann hüpfen.

Stehen die Räder in einem Unternehmen still, in einem anderen sie umso schneller laufen.

Was ist zu klein, nicht gleich auch noch mit Zwergwuchs verglichen werden muss.

Das Rauchen zu vieler Zigaretten nicht nur enden kann bei Lungenkrebs, sondern auch beim Ende sämtlicher Ersparnisse.

Schöne äußerlich weiße Zähne nicht auch gleich die gesündesten müssen sein.

Auf die Autobremse treten, spätestens wenn du das Rot der Ampel schon fast überfahren hast, denn als nächstes könnte dir in die Quere kommen ein anderes Fahrzeug.

Bist du nicht ganz heil, so ändere eben dein Sein.

Der kalte Rauch der Zigarette einem den Charakter in die kalte Gefilde kann verschieben.

Halb so hoch nicht gleich die Mitte der Höhe sein muss.

Der Vogel fliegt so weit und so hoch, wie er wohl will, um wieder zu landen ... am gleichen ... Ort, von dem er wie ein Wunder hergekommen ist.

Frei sein wie ein Vogel, aber nicht vogelfrei, so das Motto eines Vogelfreien wohl lauten könnte.

Bist du mit Gehabe, so du meistens bist mit Getöse.

Es ist meistens wie mitgenommen, aber nicht wie mit gewonnen.

Wie ein Opo man auch sein kann in des Doktors Krankenzimmer.

Wie groß ein Gnom auch sein könnte, wohl wenn er stehen würde neben einer menschlichen Gestalt.

Ist etwas geregelt, es nicht immer der Straßenverkehr sein muss.

Bescheidenheit ein Zeichen von Ängstlichkeit, aber auch Schüchternheit sein kann.

Ist etwas gebrochen, es noch lange nicht kaputt sein muss.

Eine Beziehung auch nur in atomaren Strukturen sich abspielen können, genau wie bildlich gesprochen die Beziehung auch unter Menschen wie Atombomben einschlagen kann, schrecklich auch unerhört kann enden, besonders wenn die Personen wie mit Schrecken nur noch hören.

Kommt der Floh vor der Mücke ins Ziel, einem statt der Möglichkeit, als Erster das Ziel zu erreichen, wohl einem etwas weggeflogen, wie von einem Floh verärgert zugekommen ist.

Die Sektion eine gehörige Lektion auch bedeuten kann.

Der Strahl der Vernunft auch ein Sonnenstrahl sein kann.

Wie es ist so mit der Habsucht, so es ist meistens mit jeder Sucht.

Wenn etwas ist gelenkt, so es ist meistens auch gesteuert.

Ist der Rauchfang auch noch so lang, schwarz vor Ruß ist er trotzdem allemal.

Wenn du bist noch sehr gescheit, du sehr schnell kannst sein zerstört.

Wenn etwas ist hinlänglich, es auch kann sein ausgängig.

Wenn einer sehr viel kann sein, aber auch kann sein gar nichts.

Ein Tritt ein Pferde nicht bringt ins Geläuf, genau wie dies auch beim Menschen gilt.

Wie man ist noch geschwind, genauso langsam schon beim nächsten Tritt man kann sein.

Grün die Pflanzen sehr schön können sein, sind noch einige Blüten dran, sich das Auge noch mehr erfreut.

Protzigkeit wohl meistens bloß nicht bis zur Größenwahnsinnigkeit gesteigert werden kann.

Ängstlichkeit auch von einer gewissen Zärtlichkeit herrühren kann.

Wenn du bist mit einem Wille, so du meistens auch bist gut erzogen.

Hoch über die Wolken zu schweben, so schön und faszinierend sein möge, wie schnell mit den Skiern den Pistenabhang hinunterzugleiten.

Wer schreibt sehr schnell, nicht unbedingt nur schön schreiben muss.

Es ist meistens des Sinnes Anfang, mit dem zu beginnen, was schon ein Ende hat.

Es ist oft des Sinnes Anfang und Wagnis, allzu sehr etwas zu beginnen, wo das Sternenfeuer schon ist erloschen.

Es ist des Glückes Schmiedes, auch erloschenes Sternenfeuer wieder zu bringen zum Glimmen.

Was ist einmal gesunken, auch wieder wie eine erloschene Ascheglut sich an dem der Erde lichten Schein wieder kann ergötzen zu neuem Leben.

Was will nicht enden, schon ein Ende gehabt haben kann.

Bist du mit Begeisterung, bist du auch spontan.

Wie gehabt, so auch gewonnen.

Kommt zuerst das Zerwürfnis oder der Frust, Ärger ist es in jedem Fall.

Helau. Nicht nur beim Fasching, auch beim Radrennen ist die angesagt.

Beklommenheit meist vor Vernommenheit steht.

Ist des Wassers Fall auch noch so tief, ein Ende hat er doch.

Wenn du gehst oder schreitest, ein Bein vor das andere musst du auf jeden Fall setzen.

Zerwürfnisse meist großes Unheil vorhersagen mögen, des tiefsten Ende Anfang wieder ein guter ist.

Bist mit einer Bürste, rasierst du wohl damit Bockwürste.

Eine Glatze man ruhig haben kann, aber sie jeden Tag zu putzen man sie nicht braucht.

Ärger steht vor Frust nicht, drum lasse manchmal den Ärger schön langsam abfrusten.

Gewaltverherrlichung meistens nichts mit Schöngeisterei zu tun haben muss, aber umgekehrt gilt dies ebenso.

Wie die Sterne stehen, so wird dein Lebensweg schon gehen.

Platzt eine Bombe da, das Unheil ist groß, aber auch kaputt die Bombe ist.

Tut's Not, tut's Rat, ein Weg sich immer finden lässt.

Bist du auch noch so schlau, auf einmal triffst du auf Wiederkäuerei.

Willst du etwas tun, so tue es wenigstens richtig.

Wie geronnen, so gewonnen.

Wie man sich aufblasen kann, so man auch untergehen kann.

Erspähst du etwas, du doch nicht gleich auch noch Pfeil und Bogen brauchst.

Wie es ist mit der Gerechtigkeit, so es auch mit der Scham sein kann.

Bist du wie mitgenommen, dir nicht gleich dein Kopf abfallen wird.

Nicht alles hat ein Ende, aber denke immer daran, dein Leben hat es einmal.

Wenn etwas siedet, es auch nur kochen kann.

Am Bindfaden auch ein Spinnennetz sein kann.

Was ist gerecht, auch unvernünftig sein kann.

Kannst du gut jodeln, du nicht mal Mundwasser zu trinken brauchst.

Belebend auch ein gutes Wetterchen sein kann.

Der Arzt auch ein guter Mensch sein kann, wenn er schreibt einen gesund.

Wer gehört hat nie einen Befehl, wohl noch nie hat gedient.

Schlümpfe auch sich fühlen können wie getreten mit den Füßen in einen Ameisenhaufen.

Manch einer wohl wirklich bei Verzehr von zu viel Senf sehr lustig werden kann.

Was ist wie hingehauen, auch wohl überlegt hingebaut geworden ist.

Kannst du schön die Feder führen, du trotzdem sein kannst ein schlechter Zeichner.

Wenn die Frau ein Biest, so der Mann ist meistens ein Gräuel.

Übertreten man nicht nur beim Weitspringen kann.

Zucker nicht nur süß sein kann, insbesondere die Zuckerkrankheit ist gemeint.

Vorwürfe auch in Zerwürfnissen enden können.

Wenn der Mann wirkt wie ein bisschen Elend, so die Frau wirken kann wie eine kleine Schönheit.

Wie man sein kann sehr vakant, so beschränkt man auch sein kann.

Des Anfang Ende nicht der Anfang sein muss.

Nicht nur gute Kleidung anziehend wirken kann.

Wenn du bist von etwas besessen, du auch ohne Mühsal bist.

Was ist lecker, meist auch gut schmeckt.

Ein Schwindel noch kein Verbrechen sein muss.

Lügst du einmal in Ehren, dir dies Gott und die Welt wohl gütig verzeihen.

Wenn etwas ist beklommen, so meist es auch ist wie mitgenommen.

Glitzern die Sterne am Nachtfirmament auch noch so schön, sie auch wieder vergehen.

Ob Katzen oder Hasen, zu einem Sprung auf ein höher gelegenes Gemäuer sind sie immer bereit.

Auch Wasser, man kann es kaum glauben, kann verderben.

Ein Stück Papier kann sein liniert oder kariert oder noch schlimmer voller Lügen.

Würde es geben die Brut eines Hühnerhahnes, wohl wieder wäre ein Hahn.

Kommt es in einer sonst so friedlichen Ehe einmal zum Bersten von Scherben, es danach meistens so ist, als sei noch einmal Hochzeitstag.

Eine Geschwulst wohl bloß keine Verätzung angesagt ist.

Hast du wie ein Verbrecher mit gelogen, so du auch bist meistens mit betrogen.

Was man einer Wundertüte nicht kann entzaubern, wohl ist, jeden Monat in der Lohntüte den gleichen Lohn zu haben.

Mit Pinsel und Farbe man kann viel erreichen, aber auch Schande und Verachtung.

Dem Alkoholeinfluss verflossen zu sein, ist auch möglich, wenn man nur ist ein langweiliger Statist.

Was stimmt, noch lange nicht richtig sein muss.

Wie gehüpft, so auch meistens gesprungen.

Wenn du bist ein Wicht, du eben von Riesenkräften träumst.

So wie das Theaterstück viel erzählt, eine Geschichte ist es meistens doch nur.

Bist du gelangweilt, du mal nur versuchen musst, die Zeit der Vergänglichkeit mitzubestimmen.

Besitzt du große Kräfte, du auch sicherlich sichtbare Muskeln besitzt.

Wie man liegt, so sich man meistens auch streckt.

Ein Fürwort noch lange keine Zustimmung bedeuten muss.

So wacklig wie eine Puddingsoße auch manche Mädchenbeine sind, sich die Älteren darüber amüsieren mögen, sie doch noch einige Muskeln in ihrem Skelett benützen.

Steht die Katze auf den Hinterbeinen, sie sicherlich haben will etwas Süßes.

Legal wohl dieses ist, was man kann erkennen.

Bist du auf dem Sprung zu einer großen Tat, so achte stets darauf, dass du richtig abhebst.

Der Kinobesuch auch noch so gut gewesen sein mag, beim nächsten Kinobesuch den letzteren man schon meistens hat vergessen.

Blasebalg nicht von Balken abstammt, sondern zu tun hat mit Pfeifröhren.

Wie will der Mensch alles erfühlen und ertasten, hat er doch nur zehn Finger.

Die Kraft meistens ist ausreichend, wenn sie erreicht die gewünschte Wirkung.

Automation noch lange keine Automatik in allen Bereichen muss bedeuten.

Das Fliegen wohl ist so wunderbar, wie ein Vöglein sich nur kann bewegen.

Die graue Maus durchaus auch weiß sein kann.

Der Raucher meistens gar nicht schmeckt die Zigarette, sie meistens nur wegen des Glimmens angemacht wird.

Der Eiffelturm schon nicht wird zusammenstürzen, er schließlich ist aus purem Stahl.

Man etwas kann erzwingen nicht nur mit Gewalt, sondern Liebe und Verstand auch dazu beitragen können.

Der Verstand meistens nicht vom Kurzschluss kommt.

Was ist, dies kann noch werden, aber was schon ist geschehen, dies schon ist vergänglich.

Mit dem Feuer sollte man nicht kleine Kinder spielen lassen, des Sinnes letzter Schluss aber ist manche Erwachsende auch nicht.

Wenn er ist ein Floh, er eben schon getan hat einige wenige Sprünge.

So gut das Essen auch schmeckt, es aber auf einmal aufgegessen ist.

Die Stimme eines Sängers auch noch so gut ist, zum Talent immer etwas dazu geübt werden muss.

Die Wiederkehr meistens keine Rückkehr ist.

Die Wiederkehr keine Rückkehr immer sein muss.

Treffen sich zwei Freunde, meistens auch nur wird zuerst gegrüßt.

Der Apfelbaum eben nicht dort steht, wo der Kastanienbaum kann erblühen.

Was ist besiegt, dies eben schon gewonnen.

Was ist wichtig, nicht bedeutend sein muss.

Wer ist mit der Zukunft, der meist mit Fortuna.

Was ausschlägt, noch lange nichts treffen muss.

Wer gut speist, der meist auch hat das richtige Körpergewicht.

Wer lange überlegt, der eben kein Schnelldenker ist.

Was ist mit Wucht vollbracht, noch nicht einmal große Kräfte verborgen sein müssen.

Ist die Lust zum Laster auch noch so groß, auf einmal auch nur ein Ende hat.

Was der Stellvertreter nicht kann, sicherlich der Vorsitzende kann.

Was dir tut leid, auch seicht gebettet sein kann.

Was ist mit Fortuna, auch Glück dabei gehabt haben kann.

Der Primus nicht der Beste sein muss.

Die Katze ist schnell und flink, aber ein hohes Hindernis auch sie nicht kann überwinden.

In der Liebesnacht auch durchaus Glückstränen fließen können.

Wer etwas des Öfteren überwindet, der durchaus auch ansonsten stark im Charakter ist.

Wenn die Proportionen nicht stimmen, eben noch einmal ausgemessen werden muss.

Ist eine Lüge zu viel, eine Rüge eben nötig ist.

Die Kartoffel eben erst geschält werden muss, wem dies macht zu viel Arbeit, der sich kaufen sollte einen fertigen Kartoffelsalat im Laden.

Menschen, die sich lieben, meistens auch sind verlobt oder verheiratet.

Die Ewigkeit im Weltall der Zeitlosigkeit Anfang kann sein.

In Raum und Zeitdimensionen ist das Weltall unendlich, obwohl es gibt eine Zeitdefinition und ein Anfang oder Ende. Das Ende von Raum und Zeit festgelegt ist.

Wer etwas äußert, gar nicht nachgedacht haben muss.

Bist du noch jung und von kühner Gestalt, so nutze deine Zeit, sei am besten verliebt oder traue schon einen Partner.

Geht am Weihnachtstag einmal gegen Abend die Türglocke, ja nicht gleich der Weihnachtsmann vor der Tür stehen muss.

Was ist zu versteigern, gar nicht selten sein muss.

Der Taugenichts auch nicht noch ein Habenichts sein muss.

Gut gestylt und gekämmt und trotzdem keine gute Frisur, wohl ist zu viel Shampoo drin.

Was lange währt, schnell vergänglich kann sein.

Es ist mit dem Laster wie mit der Lust, beide werden durch sexuelle Verführungen noch mehr angeregt.

Was ist gut, auch schon kaputt sein kann.

Der Bestimmung ist jeder Mensch unterlegen, eines Tages auch nur begraben und tot unter der Erde zu liegen.

Die Mathematik wäre sehr leicht, würde man es beim Zählen von Zahlen belassen.

Was zählt, ist, wie viele Jahre man einem hohen Alter schon hat abgerungen.

Kriecht die Katze in die Stubenecke, wohl der Haussegen erscheint.

Gäbe es Festland wie Ozeanwasser auf der Erde, wir wohl würden sein 100 Milliarden Menschen auf dem Erdenrund.

Der Haussegen kann noch so schief und brüchig sein, Hauptsache, das Haus wird noch bewohnt.

Warst du in der Schule immer zurückhaltend und leise, du sicherlich auch nicht der Primus dort warst.

Was zählt in einer guten Ehe, wohl nicht nur die verlebten Ehejahre sind.

Was schon schief hängt an der Wand, auch sicherlich schneller herunterfallen wird.

Flugzeuge nur so schnell fliegen, wie umwandeln in Energie die Gasturbinen.

Kariertes Papier beim Beschreiben noch karierter werden kann. Wenn angehalten wird der Atem, bald auch wieder wird geholt Luft.

Frisst die Katze keine Mäuse, sie wohl doch hat der Hausherr zu verwöhnt.

Ist etwas schief, es noch lange nicht krumm zu sein braucht.

Wie du dich bettest, so schläfst du, aber wie du dich bettest, so lebst du wohl.

Sind die Winde im Steigen, auch nicht noch Regen kommen muss. Die Nachrichten im Fernsehen oder Radio auch noch so kurz sein können, mit dem Wetterbericht enden sie meistens immer.

Das Salz in der Suppe auch diese ungenießbar machen kann.

Willst du etwas tun, dir nicht auch immer einen Plan machen musst.

Wie du stehst im Stau, du nur musst überholen.

Wenn man runzelt die Stirn, nicht gleich eine Gedächtnislücke muss aufgedeckt sein.

Stille Wasser, die sind tief, aber tiefe Wasser meistens etwas laut.

Bist du mit einem starken Segen wie ein Stier ausgerüstet, es sicherlich nicht liegt an des Stieres Hörnern.

Nicht weit von etwas Süßem auch etwas Bitteres ist.

Nicht nur sich selber man kann bloßstellen, sondern auch jemand anderen, besonders wenn er hat nichts an.

Eine kalte Schnauze meistens auch hat einen kalten Verstand.

Wie man sich liebt, so man meistens auch durchs Leben geht.

Was man nie sollte vergessen, dass Eitelkeit nicht viel zu tun hat mit einem guten Verstand.

Wirst du sehr geliebt von Anderen, so gebe es zurück mit Verstand und Bedacht.

Riecht es im Hause nach Bohnerwachs, so kann es auch ein fleißiges Bienenvolk gewesen sein.

Ist man zu klein, so man mal hochspringen sollte.

Bist du nur klein von Wuchs, so stelle dich auf die Zehenspitzen, ist des Fußes Hilfe auch noch zu klein, so mache dir große Gedanken und mit einem noch größeren Herzensgefühl wirst du dein Ziel schon erreichen.

Herzenssache nicht immer Liebessache ist.

Wenn du bist sehr bescheiden, so kämme dir wenigstens einmal am Tage deinen Haarscheitel.

Der Vergänglichkeit Ende wohl die Zukunft ist.

Wer sich selber zu viel liebt, der einen Stoßdämpfer braucht, aber nicht mit Entzug ist es abgetan, nein, er sollte werden ein Paar des Liebesglücks.

Honig schmeckt sehr süß, aber die Bienen mussten arbeiten dafür manche bittere Stunde, so bedenke dies einmal und gehe mit dem Honig nicht so verschwenderisch um.

Hängt einmal der Haussegen schief, müssen manchmal nur die Wandbilder wieder einmal geputzt werden und eingeladen werden muss die darauf abgebildete Verwandtschaft.

Knicke Pflanzen nicht allzu oft, sie wachsen sowieso nicht allzu groß.

Kannst du dich für Sport schon als Fan begeistern, so versuche als Nächstes, selbst Sport zu treiben.

Wenn man ist einmal ohne Gedanken, ist man noch lange nicht ohne Verstand.

Was kann erblühen, außer Wälder und Felder auch eine blühende Gedankenwelt in dir selber kann sein.

Argwohn nicht von Boshaftigkeit herkommen muss, es kann auch nur dunkeln dein übernächtiger Verstand.

Die erste Liebe meistens auch dahin hinfällt, so sie herkommt, nämlich ins Nichts der Vergänglichkeit und der Ewigkeit des menschlichen langen Lebens.

Ins Konzert kann man gehen, aber auch vorzeitig wieder raus, darum sollte man das Theaterleben nicht allzu sehr verschmähen, findet es doch nur statt meistens nur jeden Abend.

Hast du eine Glatze, du trotzdem haben kannst einen behaarten Körper.

Was lang gut gesät, meist auch gute Wurzeln hat.

Der Angst meist die schlimmsten Zerwürfnisse folgen.

Was in deinem Haus so kann poltern in den Dachdielen, meist eine am Holz sägende Maus ist.

Wie du bist gut poliert, so schockiert du im nächsten Moment auch kannst sein.

Ein Erdbeben viele Folgen haben kann, aber registriert von Geoforschern wird es allemal.

Wenn du bist beladen, so schnell kannst du sie auch wieder loswerden.

Der Honig schmeckt den Kindern genau so gut, wie es einem Bären auch schmecken würde.

Bist du auch noch so schnell auf den Beinen, einen guten Verstand dies auch noch herausbildet.

Wenn die Vöglein im Walde nicht ihre Melodien singen würden, würden sie wohl reden.

Ist die Katze ein wenig schlau, sie sich nicht nur immer in der Häuserecke versteckt.

Fürs Forschen man braucht viel Geist und Verstand, aber um Ergebnisse zu erzielen, auch ein wenig Glück.

Der Knast ist so dicht, ausgebrochen trotzdem schon so mancher ist.

Putzt du deine Schuhe jeden Tag, du wohl eher magst die Schuhcreme als die polierten Schuhe.

Sprach die Jungfrau zu ihrem Kinde: Siehst du einmal einen Manne, den du auch noch lieben würdest, so frage ihn erst, ob er auch sei vom Sternbild des Stieres, denn nur einen Manne mit diesem Sternzeichen kannst du beglücken, seid ihr doch dann gleiches Sommerdreieck und Wintersiebeneck vom gleichen Schlage.

Wenn ein Zug schneller ist als ein parallel fahrendes Auto, dann ist alles richtig und der Zug muss sich zur Sicherheit auf zwei Schienen fortbewegen.

Hat der Mann Verdauungsstörungen, sollte er machen sieben Tage Diät oder sieben Wochen lang jede Woche einmal seiner Frau einen Blumenstrauß im Garten pflücken.

Bist du in der Jugend auch noch so unvernünftig, umso älter du wirst, hat dich ein wenig guter Menschenverstand wieder eingeholt.

Ist man frohen Mutes, so kann auch die Nacht zum Tag werden.

Wer viel singt, der auch die singenden Vögel mag.

Wer hat eine gute Stimme, der den Applaus hat verdient.

Wer kann gut reiten, der auch keine Pferde stehlen muss.

Wer kann gut reiten, dem dies meist angeboren ist.

Was liegt brach, das eben erst bearbeitet werden muss.

Afrika wäre noch schöner, wäre es nicht so arm.

Was ist mit Auftrieb, das sich leicht in der Luft bewegen kann.

Jede Ausrede meist schon eine zu viel ist.

Was man heutzutage sehen kann im Fernsehen, nicht nur Filme und Dokus sind, nein, mit einer Kamera auch sich selber.

Isst du einen Butterkeks, so du meistens weit aufmachen musst den Mund, um zu verschlingen das köstliche Gebäck.

Wenn man ist mit Ärger, so man meist hat viel Stress und Anstrengung.

Bist du mit etwas Geschick ausgestattet, so du aber bist auch ein Handwerker.

Wenn man ist in Eile, so du musst meistens zum nächsten Termin.

Was ist rar, auch der Schnee in den letzten Jahren ist.

Was ist kaputt, dies du nur wieder renovieren musst.

Isst du einen Snack, so mach daraus ruhig einen guten Witz.

Bist du mit dem Teufel im Bunde, du sicherlich hast nicht nur eine Frau zu lieben.

Kamele haben einen langen Hals, manche Menschen aber auch.

Was ist zu mager, nicht nur die Buttermilch sein kann.

Was ist alt an Jahren, meist sehr wertvoll ist.

Was ist alt an Jahren, trotzdem gut erhalten sein kann.

Was ist alt an Jahren, deine eigene liebe Oma sein kann.

Was ist alt an Jahren, sehr viel Geld wert sein kann.

Wie man kann sein sehr geil, nicht unbedingt die Frau muss schuld daran sein.

Wie man liebt, so meistens man speist.

Viele Torten werden verschlungen, nicht nur bei Hochzeitsfeiern.

Was man alles so weiß, manchmal in Büchern verewigt wird.

Ein Schnaps manchmal in Ehren, aber lieber nicht zu viel davon.

Ist jemand bei Frauen sehr begehrt, er ist nicht nur schön an Gestalt und auch kräftig, aber meistens auch sehr schlau ist.

Mancher Habenichts, trotzdem sehr viel besitzen kann.

Wie man am besten die Zeit verbringt, sollte man einfach einen Uhrmacher fragen.

Bist du mit voller Enthusiasmus, sollte man trotzdem auch die Mitbürger berücksichtigen.

Wer ist sehr fromm, nicht auch gleich ein Mönch sein muss.

Wer ist mit Gott, der muss unbedingt jeden Tag beten.

Wer sich mit Sport hält fit, auch meistens wird sehr alt an Jahren.

Bist du sehr klein von Wuchs, so musst du nicht gleich ein Zwerg sein.

Wenn man ist schnell und verlegen in seinem Verhalten, muss man nicht gleich rot im Gesicht werden.

Was lange währt, muss nicht immer ein guter Wein sein.

Ein Hund groß oder klein, bellen tun sie immer gern.

Werden die Haare mit zunehmendem Alter immer dünner, so brauchen sie nicht immer gleich grau zu sein.

Auch wenn du keinen Kragen trägst, so kannst du durchaus einen über den Kragen trinken.

Nicht nur eine brausende Brauseflasche überschäumen kann, der Mensch in seinem Verhalten nämlich auch.

Bei Schaffen mit sehr viel Kraft manchmal auch kann Kraft vonnöten sein.

Regnet es zu viel, so wenigstens die Natur davon etwas hat.

Wer hat viel Talent, der meistens ist auch geistig fit und sehr sportlich.

Wer redet viel wie ein Papagei, der sich meistens auch gern vielfarbig anzieht.

Was viel wert ist, muss nicht auch nützlich sein.

Ein Sportläufer am Start ein bisschen schubsen muss, und auch mitten auf der Laufstrecke.

Was es günstig zu kaufen gibt, nicht immer auch eine ausreichende Qualität haben muss.

Was du mit viel Geduld kannst erledigen, auch gut passen muss.

Ist der Lärm zu groß, so halte dir einfach die Ohren zu.

Was manchen begeistert, nicht unbedingt aus Interesse sein muss.

Nicht jeder Adelige ein Pferd im Stall haben muss.

Wenn bei manchen die Augen noch so groß werden, muss es gar nicht eine große Sache sein.

Nicht nur Clowns haben ein bemaltes Gesicht.

Wenn du lügst, brauchst du nicht gleich die Zunge raus zu strecken.

Nicht bei jeder Lüge wird man rot im Gesicht.

Was nicht gut trägt, das eben ist nicht stabil gebaut.

Was gerne guckt, muss nicht gleich ein Frosch sein.

Willst du zum ersten Male einen Handstand probieren, so pass auf, dass du nicht auf den Kopf fällst.

Was gut schmeckt, muss nicht immer süß sein, es kann auch bitter sein.

Wer viel lacht, der viel vorsehen sollte, dass er keinen schiefen Mund bekommt.

Was dir weichlich erscheint, du noch einmal bei Mondenschein betrachten solltest.

Was ist schräg, nicht gleich einen Abhang bedeuten muss, es kann auch ein schräger Witz oder Ratschlag gewesen sein.

Was fällt sehr schnell, neustens ist die Gunst des Publikums oder Schnee und Regenfronten.

Was blüht, nicht nur Pflanzen sein können, sondern du selbst wie das Aufblühen im Frühling.

Was ist voller Lebenslust, dort der Tatendrang weg ist.

Hast du viel Geld beim Roulette verspielt, so erspiele dir am besten die nächste Tour.

Wer ist ein Greis, der meistens auch hat einen Gehstock.

Willst du einiges zu Papier bringen, so achte auch darauf, dass du genügend Papier und auch Geduld zur Verfügung hast.

Wer ist Bumo, der bloß nicht seinen eigenen Tod kann verbummeln.

Wer mal als Stern am Himmel gelogen hat, der aber auch keinen Sonnenschein mehr wert ist.

Ist der Schnaps auch noch bitter, dem Kenner keine Miene im Gesicht anzusehen ist.

Nicht nur Pferde im Galopp sich bewegen können, sondern der Antreibung unterliegende Monster wohl auch.

Nicht nur ein Nagel kann zwei Dinge zusammenfügen.

Holz kann glatt oder auch stumpf sein.

Hat man etwas bestellt, so es meistens auch geliefert wird.

Wenn kommt der Weihnachtsmann, so sich das Jahr dem Ende zuneigt.

Früher es wohl mehr Siedlungen gab als große Städte.

Wer gesund durchs Leben kommt, der meistens auch wird sehr alt.

Bist du in einer Notsituation, so besinne dich auf deine eigenen stärkeren Seiten.

Wie es ist mit der Lebenslust, so es meistens auch ist mit der Liebe.

Wer viel Guten Tag sagt, der meistens nur nachts schläft.

Was dir alles kann gelingen, dies man nicht in Büchern kann beschreiben.

Hast du geheiratet, so du bist nicht mehr alleine im Leben stehend.

Was ist zu alt, nicht unbedingt gehört in den Müll, manches gar ist eine Rarität und eher gehört ins Museum.

Nicht nur an den Erdpolen das Eis meterdick ist.

Nicht nur an den Erdpolen es gibt Eisbären.

Gibst du über jemanden ein Urteil von dir, so tue dies mit bestem Gewinn.

Wer sich einsam fühlt, den meistens nur ein Ehepartner fehlt.

Wenn man ist beklemmt, so man meistens in einer Klemme steckt.

Es muss nicht gleich ein Bier mit einem Schnaps sein, um jemand anderen gut zu bedienen.

Wer möchte stark sein, der es mal mit Traubenzucker versuchen sollte.

Wer spielt den Gönner auch nur mit wenig Geld, der trotzdem bald pleite sein kann.

Wenn du bescheiden, du dir kaum was leistest.

Wer jetzt noch dein Partner ist, auch bald dein Feind sein kann.

Wer ist mit Ehen bestückt, so er sicherlich viele Bürden mit sich trägt.

Was ist beschlossene Sache, meistens auch verwirklicht wird.

Wer ist gut mit Pferd, der meistens auch ist gut zu Fuß.

Wie es ist mit der Zukunft, so es meistens noch in den Sternen geschrieben steht.

Bist du sehr mit Fleiß behaftet, so du sicherlich auch bist sehr bescheiden.

Einen Tritt in den Hintern man sich manchmal selber geben möchte.

Bist du wie ein Hund, so du sicherlich bist sehr verspielt.

Nicht nur mit Pfeil und Bogen man das Ziel treffen kann.

Lügst du des Öfteren, so du nicht bekommst rote Backen.

Nicht nur wer an Gott glaubt, selige Taten vollbringen kann.

Wer werkt mit viel Fleiß, der sich sicherlich auch des Öfteren überwinden muss.

Die Liebe auf den ersten Blick sein kann, als ob Tag und Nacht in einem auf einen Blick vorüberziehen.

Am meisten wohl man lernen kann, wenn man viel in Büchern liest.

Wer klein ist wie ein Zwerg, der ... nicht über jeden Gartenzaun kann sehen.

Nicht nur Tiere sehr unangenehme Laute von sich geben können.

Wer gut mit Kleinkunst umgehen kann, der ist meist auch ein guter Teilchenphysiker.

Wer Eure Mahlzeiten liebt, der meint die einmalige Bratwurst und verschmäht diese nicht.

Wissbegier meistens im Lesen von vielen Büchern endet.

Hast du eine gute Freundin, so sei immer zuvorkommend zu ihr.

Reich sein nicht nur in viel Geld sich zeigen muss, auch die kleinen Dinge des Alltages es tun können.

Was in alten Bauwerken schief sein kann.

Was heftig schlägt, muss nicht nur dein Herz sein.

Wenn die Vöglein mancher mit einstimmen.

Musst nicht gleich ein Verbrecher sein, wenn du bist ein bisschen korrupt.

Einem Chor können viele angehören, aber ins Ehebett gehören immer nur zwei.

Wenn du bist verstimmt, du nicht gleich schlucken musst einige Tabletten.

Was schwer wiegt, auch sein kann eine gemeine Lüge.

Wenn die Vöglein immer stiller zwitschern auf dem Dach, bestimmt hat der Hans... einen zu viel geschluckt.

Was ist ein gutes Muster ... schon ein gut gemaltes Hemde.

Wie die Kinder sein können sehr brav, sie sich im nächsten Moment sich streiten können.

Wenn die Jahresprognose bestimmt voraussagt schlechtes Wetter.

Ein dummer Jungenstreich noch nicht kann verändern die Welt.

Schon reut es einen, sich mit dem Übeltäter auszusprechen.

Juckt dir die Kopfhaut zu viel, du nicht musst nur die Haare waschen.

Juckt dir die Kopfhaut zu viel, manchmal du dir musst nur die Haare dünner schneiden.

Niemand einen Kaugummi so lange kaut, bis er aufgelöst ist.

Trägst du den Spitznamen „Fuchs", du sicherlich nicht nur sehr schlau bist, sondern auch rote Haare hast.

Was sehr lange ist von Bestand, nicht nur aus Stahl oder Holz bestehen muss, sondern auch ein menschliches Wesen sein kann.

Bist du wie ein Hund, du sicherlich hast zottiges Haar.

Trinkst du gerne ein Bier, so du auch gerne einen Schnaps nicht verschmähst.

Trägst du Hosen gern mit Hosenträger, so du nicht unbedingt ein bayrisches Girl sein musst.

Die ersten Pioniere der Luftfahrt genau die fliegenden Vögel beobachteten und bis heute die Fluggäste Flügel benutzen.

Die erste Liebe meist dorthin fällt, wo man diese niemals vermutet hätte.

Er gern grübelt, der sich auch gern versteckt.

Was ist unvernünftig, nicht nur im Straßenverkehr vorkommt.

Alles, was du kannst überlegen, in keiner Anleitung steht.

Bist du sehr schnell mit den Füßen, du sicherlich hast flinke Finger.

Alles, was wird vergraben, nicht nur Leichen oder Müll sein muss.

Beachte, wenn du etwas beginnst, so sehe bitte das Ende auch schon.

Was ist im Chaos, nicht nur Misswirtschaft sein muss.

Was steht sicher auf vier Beinen, nicht nur dein Hund sein kann, nein, sondern du selber.

Was währt, muss nicht unbedingt eine Währungsmünze sein.

Eine gute Fütterung muss nicht unbedingt von außen sichtbar sein.

Wer ist immer fleißig, der auch mal eine Pause hat verdient.

Ist der Diebstahl erst einmal aufgeklärt, so der Täter auch bald sitzt in Haft.

Was immer so schön strahlt, muss nicht immer die Sonne sein, nein, ein schönes Mädchen kann es auch sein.

Der Fahrer eines Autos muss immer festhalten das Lenkrad, es könnte ein Schlagloch ihn ins Verderben treiben.

Wer hat in der Schule zu viel Fünfer bekommen, der sitzen bleibt.

Zur Mathematik nicht gehört die Algebra, sondern auch ein gescheites Gehirn.

Wer schon als kleiner Junge immer war ein Lausbub, der ein Frechdachs sein Leben lang bleibt.

Was aufrecht steht, muss nicht unbedingt zwei Beine haben.

Hast du es mit der Völlerei, so du sitzt auch öfters auf der Toilette.

Was gut fährt, muss nicht auch Räder haben.

Bist du gut mit dem Alkohol, du sicherlich auch gut schläfst.

Wer es übertreibt mit dem Alkoholgenuss, auch leichter kommt in den Versuch, Drogen einzunehmen.

Was einen König kann erzürnen, sicherlich ist, wenn seine Krone ist einige Nummern zu klein.

Betriebsamkeit manchmal nicht nur im Betrieb gut zu Gesicht steht, sondern auch gegenüber deinen Angehörigen.

Kannst du aus Alt nicht Neu machen, so machst du mindestens aus Neu Alt.

Der Weihnachtsmann kommt jedes Jahr einmal, um dir etwas zu schenken, aber beschenkt wirst du sicherlich mehrmals im Jahr.

Wenn du kannst gut reiten auf einem Pferd, so du sicherlich dazu ein gutes Liedlein kannst dichten.

Wer immer ist gut zu Fuß, der meistens auch gut verdient.

Was ist mit Klarheit, so auch meistens ist mit Besonnenheit.

Nicht nur Trödler altes Zeug gerne sammeln.

Nicht nur mit Beflissenheit viele Menschen ausgestattet sind, sondern mit Besonnenheit mindestens eben soviel.

Ein Schluck Schnaps in Ehren und ein gutes Bier dazu die Ehre hochleben lassen.

Ein Autofahrer kann viel bewirken, aber ist das Auto zu Schrott gefahren, hat man nur Ärger.

Was ist verflixt, das man meistens nicht mehr unterscheiden kann von Gut und Böse.

Was ist kaputt, das man nur reparieren braucht.

Was weder ist noch Fisch oder Fleisch, manchmal doch gebraucht werden kann.

Bist du ein Nimmermüd, du wohl nicht lange schläfst.

Balsam nicht nur für die Seele gut ist, nein, auch sicherlich fürs Gemüt.

Bist du mit des Freundes Trank, so trinke den Trank am besten mit guten Freunden.

Was du nicht alleine kannst bewirken, andere für dich tun müssen.

Manchmal mit Galopp man durch den täglichen Alltag gleitet, besonders wenn es wieder geht zur täglichen Arbeit.

Egal, wie gesund du bist, auf einmal bist auch du mal krank.

Was sollte ein Leben lang halten, ist die Ehe und somit deine Liebe zu deinen Weggefährten.

Wer hat schon einige Kinder auf diese Welt gebracht, dem noch ein Kind gern zugetraut wird.

Was ist umstritten, das dir trotzdem gut zur Seite stehen kann.

Was so grausig aussieht, nicht nur die eigene Frisur sein kann.

Was Blondinen nicht gerne hören, ist, wenn man dumme Witze über sie macht.

Isst du gerne Kuchen, so du auch den Kaffee dazu gerne trinkst.

Was man nicht kann übel nehmen, ist, wenn du zu einem herzhaften Bierchen eine Zigarette rauchst.

Bist du auf der Arbeit wie ein Untertan, so lass zumindest zu Hause öfters mal die Sau hinaus.

Was ist mit einigem Geschick verbunden, auf jeden Fall ist die Nadel dabei!

Umso älter du wirst, je öfter du bist wie ein Kind.

Sind die Koffer einmal gepackt, so die Reise am liebsten gleich losgehen kann.

Je öfter du zum Zahnarzt musst, umso eher du schon die Dritten brauchst.

Was ist flott, nicht nur schöne Mädchen sein können, nein, Männer auch dies sein können.

Wenn du bist in allem sehr geschickt, so du sicherlich auch gut mit deiner Frau umgehen kannst und im Winter gut auf Skiern stehen kannst.

Was du so tust, muss nicht immer von dir selbst bestimmt sein.

Bist du ein großer Lügenbaron, so hattest du sicherlich auch viele Frauen, die du alle belogen hast.

Wer sieht gerne in die Sterne, der sicherlich auch kennt viele Sterngeschichten.

Was ist illegal, das ist sicherlich auch verboten.

Das schönste Mädchen auf der Welt eben nur einen heiraten kann.

Bist du von schöner Gestalt, dir sicherlich schon viele Mädchen ein Küsslein gegeben haben.

Hast du viel Langeweile, so fange einfach an zu stricken.

Wer gern fährt Motorrad, der sicherlich eine Fahrradtour auch gerne macht.

Du musst nicht Hellseher sein, um andere gut beraten zu können.

Wer ist mit viel Protz, der auch nie kotzen muss.

Wer ist mit viel Protz, der im Leben auch alles meistert.

Wer ist mit viel Protz, der auch jede scharfe Kurve meistert.

Wer ist mit viel Protz, der auch kein Vergnügen ausschlägt.

Wer ist mit viel Protz, der auch hat einen guten Look.

Wer ist mit viel Protz, der auch eine Whiskyflasche schnell leert.

Wer ist mit viel Protz, der auch im Theater den besten Logenplatz für sich ergattert.

Wer ist mit viel Protz, der auch immer etwas Schmackhaftes isst.

Wer ist mit viel Protz, der jede Bierflasche im Handumdrehen leert.

Bist du wie ein Wahnsinniger, so räumst du sicherlich auch viel.

Die Katze trinkt gern Milch, aber auch etwas Süßes ist ihr genehm!

Bist du eine Schnapsdrossel, du sicherlich auch einige Biere nicht verschmähst.

Wenn du wie ein Löwe bist, du sicherlich auch gerne zubeißt.

Zuerst vor Schmerz eine Träne in den Augen ist, bald folgen werden einige Tränen mehr.

Nicht nur der Ball ist rund, meistens auch das gesamte Spiel.

Bist du in einer Klemme, so meistens ein Zweiter dich befreit aus der Klemme.

Füchse nicht nur gut hören, sondern auch zubeißen können.

Eine Fee nicht nur im Himmel sein kann, sondern auch neben dir stehen kann.

Ist das Wetter mal nicht gut, so setze dich vor den Fernseher und mache es dir gemütlich und lass die freien Stunden vergehen, als wäre purer Sonnenschein.

Eine Eingebung lass dir ruhig durch den Kopf gehen, sie könnte ein neues Glück in deinem Leben bedeuten.

Bist du wie ein Hamster, so vergiss aber auch nicht, immer Geld für dein Tageswerk beiseitezulegen.

Nur mancher wird 100 Jahre alt, Glück denen, denen es vergönnt ist.

Mit einer Spende in Ehren mags vielen geholfen sein.

Im Winter etwas Warmes anzuziehen, sollte jedem Menschen beschieden sein.

Mit etwas Geld und Zeit um die Welt zu reisen, nicht jeden beschieden ist, darum achte darauf, dass du viele Länder kennen lernst.

Was ist gut gelegen, muss einem nicht auch noch gut stehen.

Was heiß begehrt ist, muss nicht unbedingt auch heiß gegessen werden.

Bist du mit einem Freund auf Du und Du, so habt ihr euch auch bestimmt immer viel zu erzählen.

Ziehst du einen schicken Schlafrock an, so möchtest du sicherlich auch kuschelig schlafen.

Hast du Schmerzen an deinem Körper und cremst dir die Haut ein, die Creme am besten hilft, wenn sie hat viele und gute Pflanzenextrakte.

Jeder hat seine Lieblingssachen zum Anziehen, aber eher nur so lange, bis sie sind verschlissen.

Machst du einen Handstand, so achte stets darauf, dass du nicht auf den Kopf fällst.

Harte Männer meistens auch sind harte Trinker.

Man sollte regelmäßig seine Haare kämmen, besonders, wenn der Kopf üppig bewachsen ist.

Hast du manchmal keinen Durst, meistens doch etwas beißen musst.

Liest du viel Zeitung, so du bestimmt auch weißt, was es in deiner Stadt Neues gibt.

Wer hat einen schönen Körper, der sich nicht so viel Kleidung anziehen braucht.

Wer kennt sich gut mit den Verkehrsregeln aus, der nicht ist bei Verkehrsunfällen beteiligt.

Liest du gerne Bücher, so du sicherlich auch ein Bier oder einen kleinen Schnaps nicht verschmähst.

Gegen eisige Kälte nur hilft, sich dick und kuschelig einzukleiden.

Wege können sich kreuzen wie ein versponnenes Spinnennetz.

Warst du einmal nicht achtsam, schon kann deine Frau dir weggelaufen sein.

Auch ein wenig Wasser kann reichen, um einen großen Durst zu löschen.

Sei wachsam, wenn dir im Wald ein scheues Tier begegnet.

Ein Wellensittich, der deine Sprache spricht, ist auch etwas Schönes.

Dort, wo viel geklagt wird, sicherlich kleine Kinder sind, die gerade eine Mahlzeit zu sich nehmen.

Ist die Trauer auch noch so groß, deine Freunde und Verwandten auch einmal ins Jenseits gehen.

Hast du in Handarbeiten immer eine Eins, so du kannst deine Pullover und Strümpfe selber stricken.

Bist du mit viel Power Herr der Sache, so du kannst den Marathonlauf auch gewinnen.

Deine Lieblingssachen nehme beruhigt mit ins Grab.

Wer viel Lust aufs Leben hat, der öfters auch ein schönes Liedlein pfeift.

Was dir im Alter alles so passieren kann, das du in der Jugend noch nicht weißt.

Der Bart des Grübelns bei manchem auch aus Pech zu ziehen ist.

Prophezeiungen nicht nur richtig sein können, sondern auch falsch.

Manchmal mal will wie ein Tier das Gras der Wiese kann verschlingen.

Einmal wirst du Maßzeit feiern, wovon du in früheren Jahren nur hast geträumt.

Wer hat viel zu erzählen, der sicherlich hat viel erlebt.

Große Lügen stehen meist auf kurzen Beinen.

Wer ist ein Taugenichts, der meistens noch nicht gezeugt hat kleine Kinder.

Bist du zu Scherzen aufgelegt, du auch hast dazu ein lächelndes Gesicht.

Wenn man beobachtet, wie die Katze eine Maus jagt, können einem schreckliche Gedanken kommen.

Hast du einen großen Hut auf dem Kopf, so könnte man meinen, du wärst ein Zauberer.

Manchmal könnte man meinen, dass, wenn es zu viel regnet, der liebe Gott weint.

Schlägt das Herz nicht mehr, so ist eben die innere Uhr des Lebens ausgelaufen.

Wenn im Wald der Kuckuck nicht mehr sein Kuckuck singt, ist dies nicht schlimm, denn die anderen Vogelarten immer noch ihr Liedlein singen.

Um als Ganove zu gelten, muss man keinen Diebstahl vollbracht haben, es reicht schon, wenn man seine Mitmenschen hintergeht.

Wie eine Blume auf der Wiese erblühen kannst auch du, indem du öfters auf der Wiese spazieren gehst.

Der kleine Zapfenstreich ist, wenn unsere kleinen Kinder eingeschult werden.

Pflückst du ein Vergissmeinnicht, so vergesse niemals, jeden Tag deine Freunde zu grüßen.

Hast du viel Hab und Gut, so denke öfters daran, dass es viele Menschen gibt, die arm und ohne Seelsorger sind.

Wer kann gut texten, der meistens auch gut singen kann.

Fußballspielen kann sein nicht nur die schönste Nebensache dieser Welt, nein, es kann auch zeigen neue Wege.

Wie du bist als Mensch, so dir auch meistens deine Mitmenschen entgegentreten.

Ein Besen nicht nur gut fegen kann, sondern auch viel zu schnell verlieren kann seine Borsten.

Wie du kannst jeden Tag gut essen, so du verbringst deinen Abend.

Wie du kannst gut den Pinsel gleiten an der Wand, so ist schnell und gut vollbracht dein Werk.

Nachts, so sagt man, sind alle Katzen grau, trotzdem du kannst die Katzen lieb haben.

Eine App auf dem Computer und schon hast du die halbe Welt hinter dir gelassen.

Ist dein Leben sehr turbulent verlaufen, so du auch sicherlich viele Frauen kennengelernt hast.

Nicht nur Tiere Borsten auf ihrer Haut haben, nein, sondern auch einige Menschen davon befallen sind.

Wer viele Kompromisse im Leben macht, der wird auch schneller älter.

Bist du begegnet einem Scherbenhaufen, so sei froh, dass dein Leben noch geordnet ist.

Sein wie ein Luchs im Walde, davon manchmal nicht nur Jäger träumen, sondern auch gewöhnliche Menschen.

Haben wir vor 100 Jahren daran geglaubt, dass einmal Menschen den Mond betreten, nein, damals war man froh, wenn man ein Auto besaß.

Jeden Tag an die frische Luft zu gehen, jedem gut steht, ist er auch noch so ein Stubenhocker.

Affen können so schnell flitzen, da können Menschen nicht hinterherkommen.

Affen können vieles, auch den Menschen zeigen einen Pip.

Affen können vieles, sogar den Menschen geben ihre Pfoten.

Affen können zwar nicht lesen, aber Bücher zerfetzen können sie umso mehr.

Des Jägers Feuerbüchse unter den Tieren Angst und Schrecken bringt.

So langsam wie ein Maulwurf kriecht, so langsam sind mancher Menschen Gedankengänge.

Was ist fetzig, eben zum Angeben ist.

Schluck nicht das Spülmittel zum Putzen hinunter, es könnte dein Gehirn säubern.

Hörst du einer Ente beim Schnattern zu, so könnte es dich erinnern an den Disput mit deinen Mausenachbarn.

Egal, wie alt du bist, ein bisschen Liebe jedem vergönnt sein soll.

Altes und Neues zum Trotz, die meisten lieben das Alte, wollen aber auch öfters etwas Neues.

Ein Auto schnell und schön sein kann, aber vor einem Crash mit einem Baum kein Auto sicher ist.

Ist es nicht wunderlich, dass ein Pferd auch gerne frisst, was ein Mensch gerne isst.

Gipfelstürmer gibt es nicht nur beim Bergsteigen.

Dort, wo ist ein Schloss oder eine Burg, der Graf auch nicht weit weg ist.

Einen Mann nicht findet eine Frau beim Altstoffhandel.

Wie man sieht sich selber, einem kein anderer sagen kann.

Bevor du gehst aus der Welt, habe lieber ein Testament geschrieben.

Die Kirche steht meistens mitten im Dorf, nur die Gläubigen von überall herkommen können.

In einer Ruine niemand mehr leben will, aber manche Tiere sich dort bauen ein Nest.

Hexen noch so ungeschickt wirken, ein Spinnennest nur Hexen ziehen können.

Manche Hexen sogar Feuer spucken können.

Ein Pferd, das zu viel schnauft, muss nicht zu alt, es kann aber doch von der verrichteten Arbeit zu müde sein.

Eine Gehaltserhöhung in Sicht und schon dein Vermieter vor der Haustür steht und verlangt mehr Miete.

Küsst du viel, dein Mädchen wie eine Fata Morgana in den Himmel schwebt.

Blitz, Donner und Regen dir nichts anhaben können, hältst du die richtige Kleidung für dich bereit.

Heutzutage der Armeedienst auf freiwilliger Basis beruht, aber so manchem Arbeit gut tun würde.

Man kann nicht alle Kunstwerke als Kitsch bezeichnen, besonders wenn sie sehr wertvoll und somit teuer sind.

Eva Marie wohl eine Jungfrau war.

Hast du gut gearbeitet, eine Gehaltserhöhung meistens die Folge ist.

Ein Brillenträger nicht scheu ist, dafür aber hochnäsig und frech zu Anderen ist.

Ist das Radio erst mal angestellt, dann Wohlgemut und gute Laune angesagt sind.

Hast du einen Plan für dein neues Zuhause, so zeige es einem Architekten, er wird es sich ansehen, erweitern und bald bei den Handwerkern in Auftrag bringen.

Was ewig hält, so sagt man, sei von Gottes Hand.

Was du kannst nicht auf einmal verschlingen, versuche, in kleinen Stücken hinunter zu bekommen.

Was ist verrückt, so sagt man, sei vom Teufel.

Wer ist Weltmeister geworden, ist eben der Größte.

Bist du sehr wissbegierig, so du sicherlich hast einige Lexika und einige Fremdsprachenbücher.

Es dauert manchmal sehr lange, bis man eine Fremdsprache beherrscht, besonders, wenn sie aus dem afrikanischen oder asiatischen Raum stammt.

Wenn der Wecker klingelt, man eben aufstehen muss.

Ist bei einem der Ehrgeiz auch noch so groß, bei allen Hürden des Sports muss man nicht der Beste sein.

Wer einmal ein Musikinstrument spielen gelernt hat, andere Musikinstrumente schnell spielen lernt.

Leute in Frack und mit Schlips manchmal aussehen wie Lachfiguren.

Will der Fisch laichen, ihm kein Hindernis zu schwer ist.

Ein Champion manchmal auch der ist, der noch kein Championat hat gewonnen.

Ein Tüftler wohl auch der ist, der ein schwieriges Leben muss bewältigen.

In den Himmel nicht nur Berge ragen können, nein, auch Hochhäuser können es sein.

Wiederkäuer nicht nur Tiere sein müssen, auch Menschen, die immer das Gleiche von sich geben, können welche sein.

Bist du von Sodbrennen befallen, musst du nicht gleich auch noch mit Alkohol das Sodbrennen versuchen zu beseitigen.

Schulden einen schweren Kopf machen können.

Was gut glänzt, kann auch dein eigenes Outfit sein.

Was gut gehobelt ist, müssen nicht nur deine Möbel sein, nein, auch du selber kannst es sein.

Man kann einen Wermutstropfen nicht nur vom Trinken von Wein bekommen, nein, auch deine eigene Frau kann dir einen einschenken.

Wenn du bist eine schwere Seele, musst du nicht gleich zu Boden sinken.

Parfüm kann gut riechen, aber auch lästig sein.

Wenn du bist als Zeuge vor Gericht, musst du nur die Wahrheit sagen, sonst wirst du selber zum Angeklagten.

Wer viel Spaß macht, versteht schlecht, wenn man einen Spaß über ihn macht.

Einen Spaß zu viel zu machen, ist auch nicht schlecht, besonders wenn man diesen Spaß bezahlt bekommt.

Gut gerutscht nicht nur ins Neue Jahr, wünscht man sich an jedem Morgen.

Wer ist geimpft, der eben ist vor Ansteckungen sicherer.

Bist du einmal wie platt, so versuch dir, zu helfen mit Trinken von einigen Schlucken Schnaps, das hilft dir wieder gut zu stehen auf beiden Beinen.

Wenn du einmal zählst, wie viele Leute du kennst, so vergiss auf keinen Fall deine geschiedene Frau und auch nicht deine gutmütigen Schwiegereltern.

Bist du vom Charakter her ein bescheidener junger Mann, so vergiss lieber nicht, regelmäßig etwas Geld auszugeben für das eigene Ego.

Vergeht die Zeit wie im Fluge, so vergeht sie bei einer Flugreise noch schneller.

Alles, was du so kannst, muss nicht unbedingt auch sportlich sein.

Hast du etwas zu verbergen, so verstecke es auch gut.

Willst du dir etwas gönnen, so trink am besten einmal erst einen Schluck Schnaps.

Bist du wie ein Wirbelwind, so kannst du sicherlich nicht nur gut mit Besen und Putzlappen umgehen.

Wer ist fleißig, dem sei ein guter Lohn auch vergönnt.

Wie die Wurst am Ende immer kleiner wird, ist sie in der Mitte viel größer.

Trinkst du gerne einige Biere, du dir zwischendurch auch einen Schluck Schnaps gönnst.

Bist du ein guter Tänzer, so du deine Lebensziele auch schneller erreichst.

Hast du ein süßes Haustier, du es sicherlich nicht mit „Sie" ansprichst.

Manchmal du findest in der Kleiderkiste nicht nur gute Kleidung, sondern auch einen Haufen Motten.

Man sollte nicht bei jeder Lüge, die du von dir gibst, rot im Gesicht werden, sonst du wirst ein Wesen, das sich nur noch in Luft auflöst.

Die Menschen sind wie Halbgötter, denn sie können ihre Zukunft auch im Voraus planen.

1, 2, 3 Tanzschritte jeder gerne tut, besonders, wenn man seine Tanzpartnerin auch noch innig liebt.

Im Lotto einen Sechser getippt, so das Leben in der Zukunft viel leichter vergeht.

Machst du viele Kompromisse in deinem Leben, so du meist auch viel schneller in den Himmel verschwindest.

Mit dem Mut der Verzweiflung schon mancher Berg bezwungen wurde.

Alte Liebe rostet nicht, aber neue Liebe auch nicht.

Glaubst du, ein guter Segen begleitet dich durchs Leben, so musst nicht unbedingt auch noch in die Kirche gehen.

Hast du viel vererbt, so du sicherlich auch viel weißt.

Wenn Weiber einmal anfangen zu tratschen, so sie meist kein Ende finden.

Wer ist gut zu Fuß, der meist auch hat eine frohe Lebenseinstellung.

Gläubige nicht nur gut reden können, nein, sondern auch gut bei Kasse sind.

Wer ist verspielt, der meist auch kann sämtliche Ballspielarten gut spielen.

Wer es hat mit dem Rückenwirbel, der eben kann seinen Körper nicht mehr gut bewegen.

Man sagt so gut „Lachen ist gesund", aber manchmal etwas Schweigen besser ist.

Tust du etwas mit Vernunft, so eben hast einen guten Verstand.

Nicht jeder zum Beten in die Knie gehen muss.

Dreh dich nie zu jedem schönen Mädchen um, es könnte falsch verstanden werden.

Hast du viel an Hab und Gut, so du sicherlich auch einige Tiere lieb hast.

Es muss nicht denen nur gut gehen, die viel besitzen, nein, sondern auch dem normalen Durchschnittsbürger, auch wenn diese nur darauf achten, einigermaßen gut durchs Leben zu kommen.

Eine fantastische Tour ist auch dein ganzes Leben.

Ein Hahn, der frühmorgens kräht, kann nicht nur den Menschen aufwecken, sondern auch das ganze Tierreich.

Was ist mit großem Begehren, der kann auch zu neuem Leben erwecken.

Heiligkeit manchmal nicht nur in der Kirche erwartet wird.

Wie ein Klotz am Bein kann es wirken, wenn du zu viel Alkohol getrunken hast.

Zum Hausbau braucht es nicht nur viele Maurer.

Ist die Milch einmal erst sauer, man diese nur noch weggießen kann.

Wasser man nicht nur zum Trinken gebrauchen kann.

Ein neues Jahr beginnt und damit das alte Jahr verstoßen ist.

Wenn du bist mit Begierden, nicht nur an schöne Mädchen du denken solltest.

Wenn dir viele nette Dinge einfallen, du sicherlich einen Wein zu viel getrunken hast.

Man sollte sich öfters an seine Tugenden erinnern, damit der Tag sinnvoller verbracht wird.

Die Fußballer bei so manchem Spiel eine kleine Pfütze zusammenspucken.

Bist du erstmal im hohen Alter, du von deinen Erinnerungen auch leben kannst.

Zum Festtag einen Schnaps in Ehren, aber nicht zu viel davon.

Bist du wie ein Narr, du sicherlich eine spitze Nase hast.

Wenn ein Dieb etwas klaut, er sicherlich danach mit den Händen klatscht.

Gotteslästerung auch ist, an Feiertagen die Kirche nicht heilig zu sprechen.

Hast du erst mal eine Frau geheiratet, du sie ein Leben lang nicht los wirst.

Wie ein Maulwurf sein, auch ist im Garten in der Erde zu scharren.

Rechtzeitig die Kurven zu kriegen, bei mancher schneller Autofahrt angesagt ist.

Einen Fluch in den Himmel zu schreien, manchmal nicht nur bei schlechtem Wetter geschieht.

Wenn der Hahn erstmals kräht, die Nacht eben ist vorbei.

Wenn jemand zu viel am Computer sitzt, nicht nur der Computer schneller einen Virus bekommen kann, nein, auch derjenige, der davor sitzt.

Was ist mit Ungestüm, leichter umstürzen kann.

Ein Puzzle zu lösen, nicht nur Stunden, sogar Tage dauern kann.

Wer nachts voller Eifer ist, sich nur noch einen Partner suchen muss.

Ist der Dreck unter den Fingernägeln ganz stark, musst du aufpassen, dass keine Bakterien ihn umgeben.

Kommen viele Worte erst einmal aus dem Mund, du wohl zu viel Schnaps getrunken hast.

Scharfe Kanten auch ein Mensch haben kann.

Was ist mit Ungestüm, sich zu einem Sturm ausbreiten kann.

Wer liest viele Bücher, der meist auch besser etwas schreiben kann.

Autos sehr schnell sei können, aber dadurch auch schneller verunfallen können.

Missbrauchst du etwas, du dich über eine Gegenwirkung nicht wundern brauchst.

Was ist mit großer Sicherheit, meist ist fest gebunden.

Alles, was sich in deinem Kopf abspielen kann, auch Kopfschmerzen sein können.

Manchmal man sich nur umzudrehen braucht, um ein schönes Mädchen zu sehen.

Was sein kann eine Verunglimpfung, auch sein kann eine schmerzende Wunde.

Ist es erst mal Brotzeit, darf etwas zu trinken auch nicht fehlen.

Was ist ein Balsam, auch die selbst hergestellte Salbe sein kann.

Bist du ein Vegetarier, auch etwas Fett nicht fehlen braucht.

Schöne Schlösser es viele gibt, aber in einem Schloss zu wohnen, noch schöner ist.

Ist die Fata Morgana erst einmal aufgegangen, die Sonne schon meist verschwunden ist.

Brennt erst einmal die Kerze, so ein wundersames Licht uns erscheint.

Falten nicht nur an der Hose sein können, nein, auch in deinem Gesicht eine Falte mehr sein kann.

Bist du wie ein Schlaumeier, du sicherlich wieder etwas geklaut hast.

Was ist wie Glas, auch deine Seele sein kann.

Rutschst du aus auf dem Bettvorleger, du wohl mit dem falschen Bein aufgestanden bist.

Rutschst du aus auf dem Bettvorleger, du wohl schlecht geschlafen hast.

Rutschst du aus auf dem Bettvorleger, du wohl etwas schlechter geträumt hast.

Was ist schon krumm, sich meistens noch mehr verbiegen lassen kann.

Ein Trinkspruch in Ehren recht herzlich wiedergegeben, dann schmeckt der Inhalt noch viel mehr.

Umso länger die Pausen, desto fauler man wird.

Was du im Zoo so alles sehen kannst, geht meistens auf keine Affenhaut.

Lebst du wie im Schlaraffenland, du meistens bist wie ein Träumer.

Was so alles steht geschrieben in Büchern, man meistens verfilmt fürs Fernsehen gar nicht sehen kann.

Ist im Winter der Schnee auch noch hoch, die Tiere den Boden für etwas Grünes trotzdem freikratzen können.

Was ist alt und rostig, eben zum Schrotthändler gebracht werden muss.

Bist du schon sehr alt an Jahren, dir auch noch die letzten Zähne ausfallen.

Bist du mit viel Begierde, du meistens die jungen und schönen Frauen liebst.

Wie alles ist mit Fug und Recht, so es meistens auch in den Gesetzbüchern steht.

Was ist mit viel Glimmer, gar nicht unbedingt aus Glas bestehen muss.

Bist du intelligent, somit du auch besser Geld verdienen kannst.

Wenn ein Tier in der Erde scharrt, dann es bald auch etwas Futter findet.

Manche können so viel schnattern, als stammten sie von einem Papageienvogel ab.

Einige Biere schlucken, das kann sein in Ehren, aber zu viel davon, so kann es Pech dir geben.

Eine Maschine so lange gut läuft, so lange sie gut geschmiert wird.

Willst du einen Berg ersteigen, du dazu nicht nur brauchst etwas Mut, sondern auch einige Muskeln.

Grenzen und Streit zwischen zwei Ländern auch viele Ungereimtheiten bedeuten können.

Manche Schnaps nur trinken, um sich zu fühlen etwas stark.

Wenn sich Missverständnisse zwischen Menschen offenbaren, dann ein Streit und Prügeleien nicht ausgeschlossen sind.

Wer viel von der Religion versteht, der auch öfters geht in die Kirchenandacht.

Wer hat viele Muskeln, der auch schwere Lasten kann tragen.

Wer lebt vom Betteln, der meist auch schläft im Freien.

Ein Auto kann sein sehr schnell, aber auch leichter geraten kann in den Straßengraben.

Wer in der Schule immer fleißig war, der auch ein besseres Zeugnis vorzuweisen hat.

Ein Kuss von seiner Geliebten sein kann, als drehte sich die Welt schneller um ihn.

Was sein kann nützlich, auch sein kann, jemand anderem eine Ohrfeige zu geben.

Hast du ein blaues Veilchen am Auge, so dich eben jemand hat geschlagen.

Hast du einen Trauschein, so du eben einen glücklichen Partner hast.

In Eintracht glücklich vereint können Mann und Frau sein, aber auch eine Zeit des Streites kann folgen.

Wer viel Schmuck sein Eigen nennt, der eben etwas Reichtum sein Eigen nennt.

Ekelhaftigkeit schon beim Popeln in der Nase anfangen kann.

Fühlst du dich nicht ganz wohl, das schon die ersten Krankheitssymptome sein können.

Wer fleißig war in der Schule und viele Einser hatte, der oft wird ein Ingenieur oder sogar Doktor.

Ein Traktor viele Lasten ziehen kann, aber einmal im Jahr auch den Karnevalswagen.

Ein Zug bis in ferne Länder die Menschen bringen kann und sogar Reisende bis an das Ende der Welt.

Ungestüm zu sein, ist nicht gut, ist es doch oft der Anfang von Streitigkeiten.

Was ist belastend, das meistens auch schwer auszuführen ist.

Hast du viel Hab und Gut, so du eben einiges an Reichtum dein Eigen kannst nennen.

Frohsinn auch leicht in Vernarrtheit übergehen kann.

Ein Tier einem viel Freude kann bereiten, aber auch viel Arbeit fürs Futter und Beseitigen des Kots.

Bist du erst mal ein süchtiger Spieler, so bei dir auch leicht die Geldschulden sich anhäufen können.

Sammeln kann man vieles, vom Hausmüll lieber nicht zu viel.

Dort, wo Ehrgeiz angebracht ist, meist der Spott auch nicht weit weg ist.

Trifft ein Opernsänger mal nicht den richtigen Ton, die meisten Zuschauer dies kaum merken.

Was dir auf Schritt und Tritt gut folgen kann, nicht nur ein Freund oder Lebensgefährte sein kann, nein, sondern auch dein eigenes Haustier.

Was dir auf Schritt und Tritt folgen kann, auch der Schatten der Sonne sein kann.

Müßiggang oft folgt die Unbehaglichkeit.

Müßiggang oft folgt die Langeweile.

Bist du sehr erschrocken, dich wohl eine Biene gestochen hat.

Da nicht jeder kräftige Armmuskeln hat, auch nicht jeder schnell rudern kann.

Wer ist ein Analphabet, meist nicht mal seinen eigenen Namen schreiben kann.

Ist die Pest auch weit fortgeschritten, es immer noch einige gesunde Menschen gibt.

Die Altersheilkunde nicht mal jeder Doktor kennt.

Alt wie ein Baum möchtest du werden, egal, sogar über 100 Jahre kann es sein.

Was ist gut beschlagen, nicht nur die Hufe eines Pferdes sein müssen.

Im Rössle gerne man ein Bier trinkt, weil es meist große Biergläser sind.

Das Bier am besten schmeckt, wenn man schon einige Bier betrunken hat.

Tut dir etwas weh, so lass nachschauen den Doktor.

Etwas Sakrales nicht nur prächtige Bauten sein müssen, nein, schon dein eigenes Haus kann es sein.

Wegen eines traurigen Anlasses erst mal eine Träne in den Augen ist, meist es viel mehr werden.

Hätten die Menschen ein Fell wie die Tiere, sie nie frieren würden.

Fremdgehen von einem Ehepartner meist zum Ehebruch führen kann.

Wird der Ski mit den Stöcken gut geführt, der Abhang schnell hinunter gefahren ist.

Ein Schicksal schnell vonstatten geht, besonders wenn uns im hohen Alter der Tod immer näher kommt.

Der Computerinhalt unendlich ist, dies macht uns die Suche nach einem bestimmten Inhalt nur noch schwerer.

Liest du gerne Bücher, so du sicherlich schon mehrere Dutzend gelesen hast

Programm nach Ansage meist auch der Urlaub ist.

Trägst du eine Brille, so du darauf achtest, dass die Gläser immer sauber sind.

Trägst du eine Brille, so die meisten Brillenträger ohne diese gar nicht mehr durchs Leben gehen können.

Die meisten Brillenträger leiden an einer Kurzsichtigkeit.

Soldat ist ein gefährlicher Beruf, ist man doch in Kriegszeiten dem Tod sehr nahe.

Was du mit dem Strohhalm so alles trinken kannst, ist sehr viel, aber der Strohhalm auch bunte Luftblasen hervorrufen kann.

Im Internet surfen erst einmal gelernt, immer gut zu gebrauchen ist.

Links herum, rechts herum, der Straßenverkehr manchmal ist wie ein Gesellschaftstanz.

Schießt der Förster auf ein Wild, nicht jeder Schuss trifft.

Mit Ach und Krach manchmal unser ganzes Leben so ist.

Ein Anfang auch schon das Ende vom Anfang sein kann.

Bist du ein Brillenträger, so vergiss nicht, die Brille mit einem Putzlappen öfters zu säubern.

Gutes Benehmen und etwas Ordnung zum täglichen Leben gehören müssen.

Bist du mit Wut geladen, so trink am besten erst mal einen Schnaps, um dich abzureagieren.

Ein Stück Schokolade wirken kann, als hätte man einen ganzen Schokoladenkuchen verzehrt.

Hast du die Schule hinter dich gebracht, so schmeiße deine Stullenbücher nicht weg, sie sind auch gut für die spätere Arbeit.

Beim Trödler man vieles kaufen kann, mit einigen Euro du die Einkaufstasche voll füllen kannst.

Sammelst du Briefmarken, so du auch brauchst eine Lupe und Pinzette und dazu noch etwas Geduld, um zu stellen Sätze und Blöcke.

Der Reibekuchen nicht auf der Zunge reibt, er heißt nur so, weil verwendet wurde ein Reibeteig.

Hast du einen Anzug und Schlips, so ziehe sie nicht gerade auf dem Weg zur Einkaufsstelle ab.

Wenn du als Rentner meist bist ohne Sorgen, viel Geld du trotzdem nicht besitzt.

Eine Bockwurst ist sehr knackig, eben nur länger gekocht werden muss.

Ein Fluss meist strudelnd durchs Tal fließt, um zu münden meist in einem See oder sogar Ozean.

Wer die Latten vom Zaun abriss, will wohl durch das Loch hindurch schlüpfen.

Was du einmal hast begonnen, dies kannst du ruhig zu Ende bringen.

Bist du wie eine Maus, du dich wohl in das letzte Loch verkriechst.

Hast du einen Panamahut, so versuche doch, einmal nach Panama zu reisen.

Isst du gerne Leckereien, so pass auf, dass du nicht zu dicke wirst.

In den Schlund der großen Fische nicht nur kleine Fische gespeist werden.

Denk manchmal an den lieben Gott, wenn du eine schwierige Mission beginnst.

Der liebe Gott uns durchaus auf Schritt und Tritt begleiten soll.

Bist du von Armut geprägt, so habe trotzdem manchmal ein Lächeln parat.

Wenn deine Geliebte auch ist sehr schön und nett, jedes Mal von neuem sie erobert werden muss.

Wie es ist mit der Liebe, man erst richtig weiß, wenn man schon einige Jahre eine Geliebte hat.

Um in fremde Länder zu reisen, manchmal nicht nur Ortskenntnisse man braucht, sondern auch etwas Fingerspitzengefühl.

Es gibt Länder in der Welt, wo scheint den ganzen Tag die Sonne.

Wenn du bist mit Zeit und Vernunft, so du schwierige Situationen in deinem Leben gemeistert hast.

Wer im Bergbau arbeitet, der am Ende des Lebens glücklich darüber sein kann, eine zusätzliche Rente zu beziehen.

Was ist mit Recht und gutem Gewissen, dies schriftlich nicht in den Gesetzbüchern steht.

Kinderlein, Kinderlein und ein schmackhaftes Essen gibt es auch.

Was ist traurig, nicht nur der Tod sein muss.

Die Bienen fliegen zwar in Schwärmen aus ihrem Stock, zur Futtersuche kommen sie aber einzeln mit Futter zu dem Stock zurück.

Enthaltsamkeit sich manchmal nicht nur einfühlsam anfühlen muss.

Bist du ein heldenhafter Krieger, der Gegner dich trotzdem töten kann.

Ein Unschuldsbeweis nicht nur vorm Gericht manchmal im Leben es gibt.

Was ist mit Drang, nicht nur eine Liebesbeziehung sein muss.

Sind die Maulwürfe erst einmal aus ihrem Bau gekrochen, sie den umliegenden Acker aufsuchen.

Trägst du jahrelang die gleiche Brille, so wird es Zeit, mal durch eine neue Brille zu schauen.

Was dir gewiss ist, ist, dass du täglich ein Essen brauchst.

Was ist mit Beklommenheit, dass du mal wieder neue Sachen anziehen musst, nicht weil sie schmutzig sind, manchmal auch schon, weil sie einen unangenehmen Geruch von sich geben.

Was ist schon Unhöflichkeit, wenn man es auch mit Gewalt noch steigern kann.

Betrübtheit nicht nur durch tränende Augen sich darstellen kann.

Wenn du bist ein Sprachentalent, du eben mehrere Sprachen kannst verstehen und sprechen.

Ein Pferd gut galoppieren kann, der Mensch dagegen noch am Anfang steht.

Was ist gut kalkuliert, dies meistens schneller zum Ziel sich bewegt.

Hast du einen guten Plan, du sicherlich bist schon voller Tatendrang.

Wo die Liebe hinfällt, dort meistens auch sind blauer Himmel und Sonnenschein.

Wenn du bist voller Argwohn, du eben bist sehr skeptisch.

Alles, was Recht ist, nicht nur in Gesetzesbüchern zu stehen braucht.

Wenn du bist voller Gelassenheit, so du die Freiheit genießt.

Was ist überschüssig, gar nicht mal überlaufen muss.

Etwas Genießbares gar nicht mal ein gutes Essen sein muss.

Bist du sehr erfinderisch, du sicherlich schon so manches zusammengebraut hast.

Bist du auf dem Sprung ins große Glück, so dir eben etwas Gutes angetan ist.

Alles, was still steht, gar nicht mal außer Betrieb sein muss.

Bist du vom Pech verfolgt, du dir eben die Haare raufst.

Bist du vom Pech verfolgt, du dir sicherlich bald schwarze Kleidung anziehen tust.

Bist du in einer Lebenskrise, du sicherlich mehr Abstand zu deinen Mitmenschen hältst.

Möchtest am besten alles verschlingen, so du aufpassen solltest, dass das zu Verschlingende in nicht zu großen Stücken bereit liegt.

Wer ist mit Langeweile, bei dem es scheint dir so, als sei es angehalten.

Schlechter Kommerz einem das Gemüt versauern kann.

Schlechter Kommerz einem die Seele trüben lassen kann.

Bist du voller Argwohn, so du schneller Angst bekommen kannst.

Was ist verschlossen, dies sich meistens auch nicht mit Gewalt öffnen lässt.

Bist du mit Eintracht, so du meist auch die Ruhe gern hast.

Wenn du bist ein Stratege, so du immer hast einen Plan.

Nicht nur die Musketiere das Fechten und Kämpfen gut beherrschten.

Alles, was ist lustig, meistens ist auch zum Lachen.

Ist es voller Ungeduld, schon erwartet wird der nächste Schritt.

Nicht nur Enten im Teich umher schwimmen.

Machst du eine Pause, so sicherlich, um dich ein wenig zu erholen.

Wer kräftig nach Luft schnappt, der sich wohl hat verschluckt.

Sind die Läufer erst mal am Start, der Lauf in wenigen Minuten kann losgehen.

Wer ist mit Hieb und Degen, der bald ins Gefecht sich stürzt.

Liegt die Oma erst einmal todkrank im Bett, sie wohl wird bald sterben.

Was ist voller Maß, wenn man von einem Fremden wurde verprügelt!

Bist du gebettet in Sanftmut, so die erste große Liebe auch nicht weit weg ist.

Hast du einen Bewacher, du eben bist besser beschützt.

Jemandem voller Habgier das Klauen auch nicht weit weg ist.

Trinkst du erst mal ein Bier, so du sicherlich Lust bekommst, noch weiteren Alkohol zu genießen.

Sparst du fleißig auch jeden Cent, du sicherlich bald etwas dir kaufen kannst.

Nicht nur Igel und Stachelschweine spitze Stacheln haben, sondern auch viele andere Tiere.

Ungereimtheiten eben nicht ins Poesiealbum gehören.

Kannst du gut reimen, so du sicherlich schon viele Gedichte geschrieben hast.

Jeden Tag einen anderen Wanderweg in deinem Urlaub gegangen und der Urlaub hat sich gelohnt.

Nicht nur große Christen Weltgeschichte geschrieben haben, sondern auch das Volk.

Unsauberkeit in deinem Dachboden und die Ratten auch nicht mehr weit weg sind.

Pestausbrüche gab's schon viele, aber im Mittelalter waren sie besonders zahlreich.

Wer viele Zigaretten raucht, der sich wohl erschaffen will eine große Freiheit.

Lasst einem Plan Taten folgen und geschafft wird das große Bauwerk.

Eine Maus nicht nur von Ratten gejagt werden muss.

Falsche Bescheidenheit ist, sich zu wenig zu waschen und zu wenig sich die Haare zu kämmen.

Liebst du die Stille, du vor allem nachts gerne wach bleibst.

Hinein die Wäsche in die Waschmaschine und nach 2 Stunden sie sauber ist.

Einige Eis essen ist gut für den Geschmack, aber zu viel davon nur den Magen verderben kann.

Vor Freude einen Purzelbaum schlagen kann fast jeder, einen Salto in der Luft winden, das können nur wenige.

Bist du einmal wie verrückt, dies dir nur nicht ein zweites Mal geschehen braucht.

Gangster nicht nur nachts auf Beutefang gehen.

Hast du beim Motorradfahren einen Helm auf, du nicht hörst, wie die Vögel trillern, sondern auch besser geschützt bist bei einem Sturz.

Einen eisernen Willen zeigen und schon hast mehr Rechte.

Wenn du bist ein armer Mann, dir das Stehlen sehr nahe steht.

Trägt der Förster ein Gewehr, er sicherlich ein Wildtier schießen will.

Das Wetter sich rasch zum Sturm entwickeln kann, besonders auf Ozeanen.

Den ersten Kuss man eben nie vergisst.

Langweilig und zehrend es ist, mit einem Beinbruch wochenlang im Bett zu liegen, dieser Zustand meistens ausreichend ist, um mehrere Bücher zu lesen.

Wenn du bist ein Vagabund, du sicherlich schon eine Frau genagelt hast.

Wer ist arm, aber schon im Hafen der Ehe ist, der wenigstens etwas Gutes besitzt.

Was ist mit Verdruss, nicht die vielen schon gerauchten Zigaretten sein müssen, sondern das viele ausgegebene Geld meistens ist.

Wer hat lange Finger, der eben besser kann zupacken.

Die Menschen auf Spitzbergen wohl bessere spitzere Nuancen haben.

Bist du mit deiner Katze auf Du und Du, der Kater sich bedankt und öfters hat dich lieb.

Habe dein Haustier ruhig etwas mehr lieb, es sich bedankt und sich auf zwei Füße stellt.

Sind Schlangen auch noch so zusammengerollt, beim Sprung nach etwas Nahrhaftem sie sich in voller Länge zeigen.

Tust du etwas mit Gewalt, dann so, dass du keine Mitmenschen verletzt.

Was ist getroffen worden, das auch häufig sehr kaputt ist.

Bist du ein Langschläfer, so du den ganzen Tag verschläfst!

Was dir alles im Leben kann passieren, dies man niemals vorher so genau weiß.

Weiße Socken leicht dreckig werden, aber sind dies in der Waschmaschine, alles gut ist.

Hast du Beklemmungen und Depressionen, man noch niemals von Schizophrenie sprechen muss.

Volle Breitseite bekommen, nicht nur passieren kann dem Menschen, sondern auch im Schriftverkehr.

Wenn man ist ein Angsthase, schwer einen Partner zu finden ist.

Das Analphabetentum sehr hoch ist, besonders dort, wo es nur unzureichende Schulen gibt.

Bist du immer sehr spießig, so du wohl das Mittagessen mit einem Spieß zu dir nimmst.

Kaskoversicherte nach einem Unfall schnell wieder haben ein neues Auto, ohne dabei viel Geld auszugeben.

Bist du sehr schlau, du sicherlich schon viele Bücher hast gelesen.

Bist du sehr schlau, du sicherlich viele Länder und Städte hast bereist.

Hast du es mit dem Magen, so nimm ein Abführmittel und leere somit den Darm.

Gehst du gerne ins Kino, so du siehst dir sicherlich gerne spannende Krimis und Abenteuerfilme an.

Hast du viele Geschwister, so du eben alles Hab und Gut mit ihnen teilen musst.

Hast du einen Ehepartner, du ihm sicherlich schon mal einige deiner Geheimnisse hast anvertraut.

Was du bist mit Leib und Seele, gerne du Sport treiben magst.

Bist du gut, wie man so sagt, auf Schusters Rappen, du sicherlich schon einige Gegenden hast durchwandert.

Hast du mal kein Kleingeld mehr, so du eben musst einen Hunderter in einige Cent umtauschen.

Hast du mal kein Kleingeld mehr, so du nur brauchst die leeren Flaschen im Laden abzugeben.

Hast du einen Hund, so vergiss nie, mit ihm mehrmals „Gassi" zu gehen.

Gehst du gern mit Stock und Wanderschuhen auf große Pilgerreise, so dies eben auch einige Euro kostet.

Wer sieht in die Sterne, der dies am besten bei klarem Nachthimmel tun sollte.

Trägst du eine Brille, so du diese auch öfter mit einem feuchten Tuch putzen solltest.

Hörst du gerade Radio, so du eben meistens auch kennst die neuesten Hitgiganten.

Zu tief in das Glas geschaut und schon kann man sich nur schwer auf den Beinen halten.

Bist du mit jemandem auf „Du und Du", schon ihr euch etwas teilen könnt.

Eine Freundschaft nur so lange hat Bestand, wie man sich mit den Anderen gut versteht.

Den Computerschein zu haben, ist künstliche Intelligenz, aber trotzdem man sich manchmal auf sein Gehirn besser verlassen sollte.

Isst du gerne einen süßen Kuchen, du wohl bist eine süße Birne.

Die Ziegen nicht nur geben etwas Milch, aber auch das Abgrasen von grünen Böden ihnen gerne zugeschrieben wird.

Ein Allheilmittel bei Schmerzen immer ist, einen heißen Tee zu trinken.

Wenn du bist ein lustiges Weiblein, du wohl auch immer die neueste Mode trägst.

Willst du essen eine Nuss, so brauchst du diese nur aufzuknacken.

Wellensittiche gerne sich aufhalten auf den menschlichen Köpfen, aber pass auf, dass dich der Vogel nicht beißt ins Ohrläppchen.

Schildkröten durchaus ein gutes Haustier für den Menschen sein können, obwohl sie sich zurückziehen in ihren dicken Panzer.

Lernen die jungen Kinder erstmal Lesen und Schreiben, sie einen wichtigen Schritt gemacht haben zum Verständnis unserer Welt.

Wie die Menschen sein können sehr inhuman, das zwischenmenschliche Leben kann erst wert werden.

Mit Trinkhalmen man vieles anfangen kann, auch zaubern sie bunte Luftbläschen.

Wenn sich zwei sind nicht einig, kann es schnell zu einem Streit kommen.

Wenn du bist mit Begierden, du sicherlich schon viele Mädchen hast vernascht.

Ist die Zuckerschnecke auch nicht ganz rund, schmecken tut sie trotzdem großartig.

Wenn ein Faulpelz steht neben einem Affen, man sie leicht verwechseln könnte.

Was ist der Schluss als letzter Trug, noch lange nicht das Ende bedeuten muss.

Was ist dir alles so gegeben, manchmal stolz auf dich sein kannst.

Läufst du wie stolz durch dein Gehöft, du sicherlich mal überlegst, noch ein paar stolze Tiere dir anzuschaffen.

Bist du mit Hab und Gut reich gesegnet, du dir sicherlich überlegst, wie man noch reicher werden kann.

Wenn alles ist gut und schön, du sicherlich überlegst, wie man ein schönes Weiblein noch dazu gewinnen kann.

Wenn du bist ohne Rast und Ruhe, du dir nächste Wegstrecke sicherlich schon überlegst.

Was ist mir von Gott befohlen, meistens auch passieren wird.

Ist der Andrang an der Kinokasse auch noch so groß, der Film trotzdem pünktlich anfangen wird.

Legst du auf Sauberkeit großen Wert, so du sicherlich mehrmals in der Woche deine Wäsche in die Waschmaschine tust.

Jede Vogelart sich verschieden vom Flug auf die Erde abbremst.

Was schwindlig machen kann, auch sein kann, zu viel Alkohol getrunken zu haben.

Was ist mit Zucht und Rasse, deine eigene Frau sein kann.

Musst du etwas bestätigen, dies du manches Mal mit dem Handy erledigten kannst.

Grüßt du immer freundlich, so wird dir dies meistens freundlich erwidert.

Was man mit Fug und Recht sagen kann, dies manchmal zwischen keine Türspalte passt.

Bist du in der Schule fleißig gewesen, so du meist ein fundamentales Grundwissen hast.

Was ist nicht gelogen, kann trotzdem keinem Sturm standhalten.

Bist du Betrügern auf die Spur gekommen, so dir meist noch mehr daran liegt, die Betrüger dingfest zu machen.

In der Armee dienen musste früher jeder junge Mann, war auch gut so, wurden sie doch zu Gehorsamkeit erzogen.

Wer viel liegt im Bette, noch lange nicht als Penner bezeichnet werden braucht.

Fast jeder hat in seiner Jugend davon geschwärmt, die Welt zu bereisen, aber nur die wenigsten konnten dies verwirklichen.

Trittst du aus deinem Haus, manches Mal ein Unwetter dir begegnet.

Was ist auf dem Sprung, auch ein neuer Lebensabschnitt sein kann.

Ein solides Grundwissen beim Studium erworben und schon du beginnen kannst, die Welt zu verschönern.

Hast du viele Bücher in deinem Haus, so du dir einige Regale anschaffen musstest, um jedes Buch immer griffbereit zu haben.

Ist in der Natur alles weiß, wohl der erste Schnee gefallen ist.

Flippt dein Lebenspartner mal aus, so versuche, ihn mit etwas Zärtlichkeit zu beruhigen.

Wenn du bist wie ein Hüne, du natürlich jeden Kampf gewinnst.

Gehst du im Urlaub auf Reisen, du natürlich viel Schönes erleben willst.

Hast du erst mal eine Strategie dir überlegt, so dir auch bald eine gute Taktik einfällt.

Spielst du Musik auf der Straße, du natürlich etwas Geld erbetteln willst.

Bist du schon wie ein Gauner, du bald ein Verbrecher bist.

Wie du bist flott gekleidet, schon bald ein Girl auf deine Anmache hereinfällt.

Wenn du bist wie ein Schlingel, du eben durch jedes Loch kannst schlüpfen.

Es gibt Tiere wie Menschen, die sich sehen sehr ähnlich, da ist die Bestandszählung besonders schwer.

Hast du eine Frau, die schön wie in der Glut gegossen ist, so passe auf, dass kein Zweiter eine Glut entzündet.

Ein Roboter etwas Gutes ist, muss er doch niemals zur Toilette gehen.

Ist der Karnevalszug erst einmal losgezogen, so der wilde Tanz voller Trubel und Heiterkeit kann beginnen.

Eine Jungfrau manchmal sehr gefährlich lebt, ist sie doch auf einmal ihre Unschuld an einen Partner losgeworden.

Bist du mit vielen Ehrungen behaftet, so du meistens auch bist eine bekannte Person.

Nicht alles, was glitzert vom Sonnenschein, muss bestehen aus Metall.

Wenn du bist ein Vagabund, deine Freiheit wohl grenzenlos ist.

Hast du einen zu viel getrunken, dann pass auf, dass du nichts Gefährliches anstellst.

Hast du einen zu viel getrunken, kannst du leicht in mehr Dussligkeiten verfallen.

Hast du einen zu viel getrunken, dann pass auf, dass du dich nicht in eine Dirne verliebst.

Hast du einen zu viel getrunken, dein Mundwerk immer lockerer wird und du dussliger nur noch quatscht.

Gehst du mal unrasiert auf die Straße, so mancher dich schief anguckt.

Bist du mit Sonnigkeit in deinem Gemüt, so die zu erledigenden Arbeiten viel leichter fallen.

Man braucht nicht bei jedem Jucken im Hals zum HNO-Arzt gehen, ein wirksames Arzneimittel aus der Apotheke es auch schon tut.

Bist du nicht mehr ganz bei Kräften in deinem hohen Alter, so du nur brauchst den Tag langsamer und behutsamer angehen.

Schlitzohrigkeit nicht nur bei Hasen bestehen kann, nein, auch mancher Erdenmensch sich damit herum trägt.

Wenn du bist wie ein Filou, du natürlich so manche steile Kante hast besser bewältigt.

Bist du in das Pokerspiel wie verliebt, so pass auf, dass du nicht noch deinen letzten Euro verspielst.

Manche Mittagsmahlzeit kein „leichtes Zuckerschlecken" war.

Manchmal Überraschungen nicht nur zur Weihnachtszeit passieren.

Manche Gefühle zeigen „Grobe Pfeile".

Wirst du verglichen mit einem bunten Vogel, du sicherlich öfters bunte Kleidung trägst und bunte Gedanken in Hülle und Fülle hast.

Es kommt selten vor, dass ein Liebender seine Gefühle erst nach dem „Ja-Wort" zeigen darf.

Bist du sehr erbost, dann der Nachwuchs schon wieder gemacht hat in die Hose.

Alles, was ist mit Bedarf, es nicht nur im Einkaufsladen gibt.

Wenn du bist ein Schlingel, du sicherlich auf eine neue Art und Weise verdient hast etwas Geld.

Wenn du bist ein Schlingel, du deine Arbeitsstunden nur zum großen Teil hast abgebummelt.

Wenn du bist ein Schlingel, du schon wieder hast verführt ein nettes Mädchen.

Im Ostseekalk nicht nur Möwen ihren Nachwuchs groß ziehen.

Wenn du bist mit etwas Bedarf, du deine Kehle mit etwas Alkohol ab und zu einschmieren musst.

Glückseligkeit nicht nur in der Liebe es gibt.

Wie man kann sein „außer sich", wenn der Nachbar schon wieder nicht hat die Straße gefegt.

Die Weihnachtszeit noch verschönert wird, wenn man viele Geschenke von vielen Menschen bekommt geschenkt.

Wenn du bist mit Bedarf, du nur gehen brauchst in den Baumarkt.

Bist du einer von der Seelsorge, du nicht auch noch Sachen brauchst für die Kirche.

Bist du öfters mit dir einig, so du hast ein gutes Selbstgefühl.

Alles, was ist rund, nicht nur der Fußball sein muss.

Ist dir die Tür eingetreten worden, wohl Verbrecher am Werk waren.

Umsteigen wie auf dem Bahnhof man sollte öfters im Leben.

Bist du von weiser Geburt, deine Eltern wohl aus dem Adelsstamm kommen.

Wenn du bist sehr närrisch, so du wohl in deinen Lebensgewohnheiten öfters eine Maske trägst.

Was dich kann aus dem Sessel bringen, nicht nur ein gutes Fußballspiel sein muss.

Ein Mückenstich hervorrufen kann sehr viel Unbehagen.

Machen die Kinder die ersten Schritte durch das Zimmer, man sich wünscht, dass sie bald in großen Schritten kennenlernen unsere Welt.

Was so alles gebaut werden kann im Leben, nicht nur das eigene Haus sein muss.

Gehörlose eine eigene Sprachmimik besitzen, damit sie teilnehmen können an unserem gesellschaftlichen Leben.

Je älter du wirst, umso mehr du dich zurückziehst in deine eigenen vier Wände.

Glückseligkeit ist, wenn man eine „Liebe auf den ersten Blick" findet.

Eine Schlange kringelt sich zusammen, um sich plötzlich zu strecken und zu fangen die Beute.

Wenn du bist kein Betrüger, du immer pünktlich gezahlt hast deine Miete.

Wenn du bist kein Betrüger, du pünktlich gezahlt hast die Raten für dein neues Auto.

Wenn du bist kein Betrüger, du noch niemals hast etwas geklaut.

Wer ist mit viel Fantasie, der sich meist geangelt hat die Schönste unter den Frauen.

Bist du wie ein Schelm und keiner dich erkennen soll, der Motorradhelm genau das Richtige ist.

Bist du ohne Erbarmen, du die jungen Katzenbabys alle getötet hast.

Hast du Langweiligkeit, du sicherlich kein Geld mehr hast, um in die Stadt zum Shoppen zu fahren.

Bist du hellseherisch, dies kann sein gut, aber trotzdem du vorher nicht weißt, wann dein letzter Tag hat geschlagen.

Bist du ein fleißiger Handwerksgeselle und auch schon gebaut hast dein eigenes Haus.

Bist du manchmal betrübt, wohl schlechtes Wetter im Vormarsch ist.

Mann erzählt etwas, Frau lacht darüber, aber die kleinen Kinder schon längst im Bette liegen.

Man braucht nicht immer wissen, wo man sich befindet, wenn das Schiff ist untergegangen und man allein ist wie Robinson Crusoe auf einer verlassenen Insel.

Was ist verflixt, entweder gesponnen oder zusammen gewickelt ist.

Bist du mit einer Last belastet, so brauchst du diese nur von deiner Seele oder deinem Körper nehmen.

Träume in der Nacht einem nicht ein zweites Mal erscheinen.

Wer gut zu Fuß wandern kann, der eben schon viel gesehen hat.

Wenn man ist kein Betrüger, man alles hat bezahlt.

Je mehr Löcher sind im Käse, umso besser er schmeckt.

Hast du ein Handy, so du schauen kannst in die ganze Welt.

Was ist dir verborgen, wohl immer dein Wunsch bleiben wird.

Bei manchen wohl kommt der Weihnachtsmann nicht nur einmal im Jahr.

Bist du wie König Friedrich I., du wohl an der Sonne drehen kannst.

Mit einem Pferd man schon schnell voran kommt, aber mit einem Fahrzeug noch viel schneller.

Nicht nur Pferde Hufeisen tragen können.

Man beim Sitzen auf dem Kamelrücken sich festhalten kann an den Schnüren oder anderen Höckern.

Wenn du bist oft gelangweilt, so du meist auch hast schlechte Laune.

Wer viel schläft, der gelassener gehen kann durch den Tag.

Die Nächte sind nicht nur zum Schlafen da, nein, auch manches Abenteuer sollte man erleben.

Bist du mit Begierde, so du auch meistens einen Heißhunger hast.

Manchmal ist Schweigen Gold wert.

Nennst du einige Goldbarren dein Eigen, so mach nie den Fehler und schmilz das Gold.

Wenn man ist berühmt, so man immer mit dem richtigen Ton sprechen sollte.

Wer ist ein Geist, der auch meistens etwas zu sagen hat:

In der Bronzezeit gar nicht die Bronze entdeckt wurde.

Wenn man ist kaputt, erst man sich ein bisschen erholen muss.

Es ist wie ein Wunder, dass sich im Storchennest Männlein und Weiblein jedes Frühjahr wieder finden.

Rufst du durch den Wald, nicht immer der Schall zurückhallt.

Wenn du bist beklemmt, sich dein Antlitz kann verdunkeln.

Hast du etwas im Betrieb zu bestimmen, nicht immer ein Ingenieur sein musst.

Beim Hausputz man achten sollte, dass man die Tierfährten nicht reinigt.

Lässt du etwas außer Acht, der Zusammenstoß auch schon mal in einem Unfall enden kann.

Hat man in seiner Kinderzeit viel Prügel bekommen, man sich nicht wundern braucht, dass man als Erwachsener auch öfters eine gewischt bekommt.

Machst du die Hausflurtreppe sauber, so achte darauf, dass du mit dem Besen nicht zu viel an Nachbars Tür klopfst.

Wer in seiner Kindheit war ein Rüpel oder Strolch, der es meistens ein Leben lang bleibt.

Beim Wehrdienst der Drill vorherrscht, aber bei manchen im Leben jeder Tag so ist.

Was ist selig und heilig, meistens aus der Kirche kommt.

Bist du mit jemandem auf Du und Du, ihr euch natürlich gut versteht.

Argwohn schon sein kann, wenn deine Katze Würmer hat.

Nicht nur Kühe Milch erzeugen können, sondern auch Schafe und Ziegen.

Ist dir eine Laus über den Kopf gelaufen, du nicht gleich Kopfschmerzen bekommen musst.

Tut dir weh der Magen, du etwas Schlechtes gegessen hast.

Was ist unbestimmt, eben geschätzt werden muss.

Bist du voller Trauer, wohl ein Angehöriger verstorben ist.

Ist der Himmel voller Sonnenschein, du dich noch wohler fühlen kannst.

Liegst du in der Sonne und streckst alle Glieder von dir, so vergiss aber nicht, dass du wieder arbeiten musst.

Ist die Arbeit auch noch so mühsam, auf einmal geschafft sie ist.

Isst du gerne viel Schokolade, so pass auf, dass du dir nicht verdirbst den Magen.

Bist du auf einen fahrenden Zug aufgesprungen, so pass auf, dass du nicht vom Bahnpersonal ermahnt wirst.

Ein Hubschrauber und ein Vogel etwas gemeinsam haben, nämlich sie können fliegen in der Luft.

Stellst du Musik im Radio an, du dazu ruhig einige Stunden schlummern kannst.

Wenn man ist sehr fleißig, man meistens auch den passenden Lohn erhält.

Hattest du in der Schule nur viele Vieren und Fünfen, dir im späteren Leben meistens auch nicht viel glückt.

Bist du wie benommen, du wohl einen Schlag abbekommen hast.

Bist du wie benommen, du wohl einen Stromschlag abgekommen hast.

Was ist versiegelt, meistens einige Geheimnisse zum Inhalt hat.

Bist du im Sport gewesen ein guter Sprinter, so du meist viele Dinge schneller gelöst hast.

Was ist mit Unbehagen, ist, auch eine enge Hose oder Hemd zu tragen.

Kannst du eine Frage im Schulunterricht mal nicht gut genug beantworten, so frage doch nur deinen Banknachbarn.

Lehrer kaum etwas machen können, wenn die Schüler zu viel mit den Stühlen wippen.

Liebst du ein Mädchen wie noch nie, so sage es ihr einfach.

Bittest du um die Hand einer reizenden Frau, du meist schon bist hoffnungslos verliebt.

Bist du ein guter Handballspieler, so du auch schon viele Tore aus dem Rückraum hast erzielt.

Willst du wichtige Dinge im Leben nicht vergessen, du sie dir aufschreiben solltest.

Hörst du viel Musik, so du sicherlich viele Sänger kennst.

Gehst du sonntags Früh immer in die Kirche, so das anschließende Mittagessen wie gesegnet ist.

Schmierst du jeden Morgen deine Stullen für die Arbeit, so lege doch einfach mal etwas Gemüse oder ein Ei dazu.

Was ist nicht gut, ist meistens noch ausreichend.

Bist du wie ein Gauner, du sicherlich immer hast ein geklautes Fahrrad.

Wenn man ist bescheiden, so man hat viele Kerzen brennen, um zu sparen etwas Strom.

Was du immer ins Kalkül ziehen kannst, ist ein Kühlschrank, in dem sich Essen befindet, das man auch nach Tagen zu sich nehmen kann.

Bist du ein unverbesserlicher Erdenmensch, du dir deine Haare selbst schneidest.

Was man nie kann erfinden, wohl ist, den Erdumlauf um die Sonne zu verlangsamen.

Bist du nicht sehr reich und hast nur etwas Geld, so dir trotzdem immer noch kaufen kannst etwas gute Wäsche und ausreichend Nahrung.

Bist du nicht ganz bei Sinnen, so versuche erst einmal, etwas zu schlafen und etwas Gutes zu träumen.

Bist du wie ein Hanswurst, so du kaum an einer Imbissbude kannst vorbeigehen, ohne eine Wurst dir zu kaufen.

Alles, was nicht rollt auf Rädern, trotzdem dich kann befriedigen, insbesondere heiße Girls oder ein schmuckes Häuschen.

Wenn du bist ein lustiger Geselle, du sicherlich schon viele Witze hast gerissen.

Wenn du bist ein reicher Mensch, du eben hast Auto und ein eigenes Haus und ein wenig Geld auf dem Konto.

Wenn du bist mit Verstand, auch nichts dem Zufall überlässt.

Wenn du bist ein bösartiger Mensch, gerne deine Mitmenschen ein wenig beleidigst.

Wenn du immer hast einen Heißhunger, sehr viel Geld für dein tägliches Mahl ausgibst.

Wenn du bist gerne ohne Rücksichtnahme anderen Mitmenschen gegenüber, du immer das erste und das letzte Wort haben musst.

Wenn du bist ein hinterhältiger Schlingel, du deine Mitmenschen hintergehst.

Wenn du jeden Tag auf dem neuesten Stand bist, du immer die Nachrichten im Fernsehen verfolgst.

Wenn du bist immer mit einem schnellen Flitzer ausgerüstet, du einen Sportwagen dein Eigen nennst.

Hüllst du dich in tiefes Schweigen, bei dir jemand gestorben ist.

Ist „Schicht im Schacht", die Arbeit zu Ende ist.

Bist du sehr begierig, du es mit vielen Mädchen ausprobiert hast.

Was Klein-Fritzchen kann nicht denken, das eben dem Zufall überlassen wird.

Bist du sehr ignorant, du die Welt hast nur wenig erkundet.

Überlässt du etwas dem Zufall, so es dich schwer treffen kann.

Fast alles ist in Wasser lösbar, aber Gold, Silber und Bronze nicht.

Warst du Heeresführer, du manchen eben auch bestrafen musstest.

Der Computer vieles kann, aber an die Leistungsfähigkeit der Menschen kommt er nicht heran.

Man manchmal aufpassen muss, um die Wissenschaft nicht in eine Irrlehre gleiten zu lassen.

Manchmal man doch über die Geschicke unserer Hände staunt, was sie so alles schaffen können.

Nur tüchtige und geniale Baumeister der Geschichte konnten bauen die Bauwerke unserer Welt.

Bis sich endlich Außerirdische auf unserer Erde blicken lassen können, werden sie noch viel lernen müssen.

Was sich nicht lässt vermeiden, dies eben passiert.

Ist Opa nicht mehr körperlich so fit, er eben einen Gehstock hat.

Was ist mit Verdruss, dies man lieber sollte vermeiden.

Ungemach auch sein kann, in einer schmutzigen Wohnung zu leben.

Was ist mit Verdruss, auch ein ungepflegter Garten sein kann.

Sind die Beine schwer wie Blei, man auch einmal nicht mehr kann gehen.

Ist das Fußballspiel auch noch so spannend, nach 90 Minuten es abgepfiffen wird.

Schmeckt die Schokolade auch noch so gut, auf einmal man verschlingt das letzte Stück.

Hat dich ein Hund gebissen, ist es nicht so schlimm, die Wunde wieder verheilt und der Hund trotzdem dein bester Freund bleibt.

Hat eine Fußballmannschaft gewonnen einen Pokal, so sich die Spieler meistens das große Bierglas über die Köpfe gießen.

Ist dein Kumpel dir mal böse, weil du nicht pünktlich zum Treffen erschienen bist, so dies unter Kameraden schnell vergessen ist.

Was kann jucken, auch dein Hals sein kann, weil du einige Zigaretten zu viel hast geraucht und dazu süße Nüsse hast verschlungen.

Ein Dieb niemals kann ehrlich sein.

Im Urlaub du solltest verreisen und in der Sonne liegen und in Frieden und in Ruhe auf der Schaukel Platz nehmen.

Wenn du bist sehr reich an Gütern, so du auch besitzt Haus und Wohnwagen.

Wer sucht den Streit, der auch kein Entgegenkommen für sich braucht.

Auch der Mensch manchmal in seinem Tun an manche Tiere erinnert.

Spannst du die Armbrust, so der Pfeil davon fliegt, um ein Ziel zu treffen.

Wanderst du ziellos umher, so pass auf, dass du wieder findest zurück.

Was ist mit Balsam eingeschmiert, das auch bald verheilt.

Nur Schmutzfinger sich viel zu selten waschen.

Bei der Morgentoilette man wird aufpassen, dass noch ausreichend Toilettenpapier ist vorhanden.

Bei Aldi gibt es fast alles, nur Medikamente gibt es nur in der Apotheke.

Hast du einen Schmerz, so trinke einige Tassen Tee.

Alles, was gut und fein ist, meistens von Menschenhand geschaffen wurde.

Was ist mit viel Geschick, dies auch gerne beobachtet wird.

Ist die Kundschaft in einer Filiale ausgeblieben, so der Laden eben schließen muss.

Was ist obskur, dies auch meistens nicht beobachtet werden kann.

Was es so alles Gewaltiges auf unserer Erde gibt, dies auch vereinzelt man kann im Fernsehen gar nicht darstellen.

Hast du einen guten Look, du sicherlich schon einige Preise gewonnen hast.

Bienen umso fleißiger bei der Honigherstellung sind, je wärmer das Klima ist.

Nur die besten Sportler ein Land bei den Olympischen Spielen können vertreten.

Kommst du ins hohe Alter, weniger du gehen brauchst zum Friseur.

Streichst du dein eigenes Haus, so pass auf, dass du die richtige Farbe wählst.

Wahlen nur selten sind, umso dringlicher es ist, dass du jedes Mal teilnimmst.

Was über den Finger gepeilt sein kann, ist dein Alter von einem Fremden geschätzt.

Macht dir eine Hornisse im Zimmer viel Ärger, so öffne das Fenster und locke das Ungeziefer nach draußen.

Was in der Glut des Feuers sein kann, meistens Eisen ist, aber auch die Hitzigkeit des Alltags kann es sein.

Wenn du bist bescheiden, du nur billigen Stoff trägst.

Was ist zu langsam, nicht nur Schnecken sein können, nein, auch der Mensch sich zu langsam kann bewegen.

Wer ist ein guter Reiter, der meist auch so ein guter Sportler ist.

Trampelpfade heißen so, nicht weil dort Trampeltiere ihren Weg gehen, sondern auch, weil der Mensch sich eine Schneise getrampelt hat.

Was ist so alles vergütet, meist gütige, also gute Waren sind.

Bist du wie ein Strolch, du dir sicherlich wenig die Haare kämmst.

Ist eine lange Schlange im Bäckergeschäft, so man einige Zeit warten muss, aber die frischen und warmen Brötchen für alles entschädigen.

Was so alles in einer Woche steht auf dem Speiseplan, auch Obst und Gemüse sein soll, denn das hält uns fit und gesund.

Musst du dich bekreuzigen, du eben an die Wunderdinge der Gottesgeschichte glaubst, und Gott möge dir beistehen in deinem Handeln und Tun.

Ist dein Gemütszustand betrübt, sich dein Antlitz kann verdunkeln.

Wenn du bist benommen, du wohl eine Schlaftablette zu viel hast hinuntergeschluckt.

In Karawanen gehen nicht nur Kamele, sondern auch Menschen.

Wenn du bist mit dir eins, dann du nur an die schönen Dinge des Lebens denkst.

Wer viel schläft, der wohl einen breiteren Hintern bekommt.

Was ist ungesund, ist, auch zu viel im Sonnenlicht zu verweilen.

Pflanzenfresser viele Tiere sind, der Mensch dagegen die Pflanzen muss waschen und das Essbare heraustrennen.

Wenn du bist mit dir alleine, du meistens denkst, einen Mitmenschen an deiner Seite zu haben.

Egal, welche Temperatur in deinem Zimmer ist, trotzdem warme Gedanken du dir immer machen kannst.

Esel sind wie Hunde, betteln manchmal, dass man sie streichelt.

Sind zu viele Pfützen auf der Straße, in manchen man wunderschön sein Ebenbild sehen kann.

Glaubst du an Gott, du nur um deinen Glauben zu festigen in die Kirche gehen brauchst.

Man sollte bleiben im Heim, wenn es draußen stürmt und gewittert.

Arbeitest du mit Fug und Lot, du wohl ein Maurergeselle bist.

Gehen die Mädchen durch die Straßen deiner Stadt, so suche dir eine aus, die dann deine ist.

Nicht nur Dinosaurier Urgebilde der Steinzeit sind.

Die Eisenbahn auf zwei Gleisen dahinfährt, aber ein Auto aufpassen muss, dass es nicht von der Straße abkommt.

Stehst du frühmorgens etwas beduselt auf, du wohl einen schlechten Traum hast gehabt.

Wenn man meint, man ist im Recht, man nur noch einen Rechtsanwalt zu Rate ziehen muss.

Bist du am Morgen etwas versteift, dann versuche etwas Sport, um wieder locker zu werden.

Was ist selbst gebacken, noch viel leckerer schmeckt als vom Bäcker geholt.

Was ist mit Unbehagen, auch dein ineffizientes Tagwerk sein kann.

Was ist mit Unbehagen, auch deine getragene Kleidung sein kann.

Goethe ein großer Dichter war, aber auch Unternehmer und Politiker war.

Was ist nicht still, nicht nur Babys sein können.

Bekommt das Baby erst einmal seine Flasche Milch, danach es wieder seine Augen schließt und ruhig ist, weil es wieder schläft.

Was ist gewogen, gar nicht gewogen sein muss.

Was ist gezogen, gar nicht mal am Zugseil gezogen sein muss.

Ist die Bescherung auch noch so groß, die größte Bescherung es erst Weihnachten gibt.

Alles, was man kann bestimmen, gar nicht abgezählt sein muss.

Alles, was ist Hab und Gut, gar nicht mit Geld abgezählt werden muss.

Wenn man ist ein Filou, man eben ist auch kein Clown.

Hast du etwas geklaut, so verstecke es gut, dass es nicht darstellt einen Beweis.

Bist du sehr gütig, du somit so manchen einen Wunsch erfüllst.

Was ist in deiner Fantasie entstanden, diese erfülle dir eines Tages, es kann dir viel Gutes bringen.

Bist du sehr unabhängig, es braucht nicht sein des vielen Geldes wegen, sondern weil du eben bist in Freiheit lebend.

Hast du dich sehr blamiert, so achte darauf, dass es dir nicht ein zweites Mal passiert, es könnte dir sonst bringen in Schwierigkeiten.

Steht etwas unter Verdacht, so es genau untersucht werden muss.

Mit vielen Dingen man sich im Alltag beschäftigt, trotzdem sie schnell vergessen werden.

Was man erst in einigen hundert Jahren erforschen kann, ist, was in fernen Universen genau passiert.

Bist du sehr sauber, so du alle Körperteile mit Seife manchmal sogar mehrmals am Tag wäscht.

Wenn der Stammtisch sehr klein ist, es umso mehr Freude macht, Bier zu trinken.

Sehr frech manchmal vor allem Katzen sind, besonders wenn es viele Haustiere sind.

Essensreste gehören nicht ins Klo geschüttet, denn so kann schneller eine Verstopfung geschehen.

Was so alles Unrat ist, vor allem man findet bei der großen Haussäuberungsaktion.

Man nicht zu schälen braucht vor allem Äpfel und Birnen, ihr Geschmack mit der Schale noch genügend ist.

Weil man ist ein bekannter Humorist, sich die Witze selbst ausdenkt und darauf achtet, dass genügend Pointen sind vorhanden.

Ist etwas nicht im Lot oder nagelfest, einen Handwerker zu Rate man ziehen sollte und schon ist beseitigt der Schaden.

Bist du nach dem Schlaf voller Hass, hast du wohl einen Albtraum gehabt.

Nennen deine Mitmenschen dich Engel, kümmerst du dich wohl seelsorgerisch um sie.

Hat dich eine Kreuzotter gebissen, muss schnell ein Gegengift besorgt werden, um zu wahren die Lebenschance.

Hast du immer einen vorlauten Mund, so pass auf, dass du keine auf die Klappe bekommst.

Wenn man ist ein Narr, immerzu enge Kurven kratzt, um zu entweichen den Mitmenschen.

Geburtstagstoast man nur einmal hat im Jahr, aber Toaste man ruhig öfters aussprechen sollte.

Wenn man ist der King in der Stammtischrunde, man natürlich die meisten Biere trinkt.

Hast du auf eine Brille, so denke daran, öfters zum Augenoptiker zu gehen, um zu überprüfen die Dioptrien.

Hast du einen Schmerz, manchmal schon eine Krankenschwester reicht, um dir die Wunde zu verbinden.

Scherereien unter Kinder öfters entstehen, aber ist eine erwachsene Person dabei, der Streit schnell geschlichtet ist.

Bist du in fröhlicher Runde, so auch mancher lustige Witz gerissen wird.

Nicht nur Ameisenbären gerne Termiten fressen.

Man sollte nie eine Schnapsflasche mit einem Hipp trinken, es könnte dir den Kopf zu sehr verdrehen.

Hat man es mal eilig, so frage den Nachbarn, ob er mit dir mit dem Auto fährt.

Man muss nicht unbedingt ein Sprinter sein, um 1 Kilometer mal schnell zu laufen.

Schaffst du im Sport 50 Klimmzüge in der Minute, man dir eigentlich zwei Einser ins Klassenbuch schreiben sollte.

Der Lehrer sich eben aufregt und schreibt Fünfen in Betragen ins Klassenbuch, wenn seine Schüler zu viel mit den Stühlen kippeln.

Frischen Kuchen gibt es beim Bäcker, aber wenn Mutter bäckt, der Kuchen noch leckerer ist.

Die Rolling Stones nicht umsonst rollende Steine übersetzt heißen, denn ihre Musik ist wie voller Steine.

Man nur den Fernseher näher an sich heranrücken muss, ist man kurzsichtig oder etwas blind.

Wenn du bist verdreht im Kopf, du wohl bei der Arbeit viele Schrauben hast gedreht.

Bist du im Alltag wie ein Spieß, du wohl bei der Armee ein Feldwebel warst.

Wenn man ist gestützt, man eben Sozialhilfe erhält.

Die Pinguine in ihrer stolzen Tracht wohl jeden Tag Hochzeit feiern.

Ein feuriger und unvergesslicher Tag im Leben ist die Hochzeit, man streift nicht nur den Ehering übern Finger, sondern bekommt von vielen Leuten etwas geschenkt.

Hörst du gerne Musik, du dir mindestens einen Walkman besorgen solltest, um noch fröhlicher durch die Stadt zu gehen.

Maria Theresia eine wichtige Heilige war, aber ob sie einen Mann hatte, ist bis heute unklar.

Ein Rugbyspieler muss nicht nur schnell und wendig sein, er sollte zudem etwas pfiffig sein und damit auf dem Spielfeld immer am richtigen Platz stehen.

Wenn man kommt erst einmal in Gewahrsam, mancher bleibt für längere Zeit dort.

Zweimal im Jahr musst du die Stunde einstellen, aber erst nach vielen Jahren wechseln die Batterie.

Bist du von Pleiten und Pech verfolgt, du dann Insolvenz anmelden musst, denn auch dein Restgeld ist ausgegangen, meist hilft nur eins, nämlich sich verbünden mit stärkeren Partnern.

Bist du voller Zorn, dir wohl deine Großmutter etwas hat angetan.

Viele Bauwerke im Laufe der Jahrhunderte wurden gebaut und die meisten davon einzigartig sind.

Hat die Weinlese erst mal begonnen, schon in wenigen Wochen der Wein landet auf dem Ladentisch.

Spargel erst nach dem Verarbeiten im Kochtopf so richtig gut schmeckt.

Erdbeeren gut schmecken, wenn sie frisch gleich nach der Ernte verzehrt werden.

Auch das Fleisch unserer Wildtiere einzigartig schmeckt, ist doch für jedes Wildtier ein eigenes Rezept vorhanden.

Knisebech war nicht nur ein Künstler, nein, er war einzigartig unter den Künstlern.

Alles, was man aus Käse herstellen kann, gut schmeckt, aber manche Rezeptur noch hervorsticht.

Bist du genugtuend, du wohl hast dich mit deinem Partner auf ein gemeinsames Ziel geeinigt!

Brot so lange kann man verzehren, bis es ist hart, dann nur noch als Tierfutter man es verwerten kann.

Was ist mit Warp-Antrieb, die Wissenschaft angibt.

Was ist diffus, aber nicht mehr seine volle Leistung hat.

Spielst du gerne Bingo, so muss es mal machen Bingo und schon man hat etwas gewonnen.

Schokolade nicht nur wegen seiner Süße man gerne isst, nämlich auch weil sie auf der Zunge so dahinschmelzt.

Hast du einen Sechser im Lotto, schon bist du Millionär.

Was dich in deinem Leben nicht aufhalten kann, einmal nach Paris zu fahren und auf dem Eiffelturm Ausschau zu halten.

Ein Besuch in Sankt Paulis Reeperbahn ist immer gut, kann man hier doch schöne Girls sehen.

Was ist porös, das eben nicht mehr ganz dicht ist.

Ein Propellerantrieb nicht nur Flugzeuge fliegen lassen kann, auch bei der Straßenreinigung als Säuberung kann er eingesetzt werden.

Auf einmal bei deinem Kugelschreiber ist die Mine leer, so bist du gut beraten, eine zweite Mine zu haben.

Alles, was gleitet, meistens auf Schnee vor sich geht, aber auch so manche Maschine so dahingleitet.

Drehst du am Glücksrad, du natürlich die richtige Zahl einstellen willst, um dann abzuräumen den Jackpot und zu sein ein Millionär.

Was ist zerrissen, auch wieder genäht werden kann.

Früher die Frauen die Pullover selber nähten und heute man bekommt ein Kleidungsstück für einige Euro.

Bist du sehr bemüht um die Erziehung deiner Kinder, du sie schon im Kindergarten das Alphabet erlernen lässt.

Wenn man ist ein Taugenichts, man kein Handwerk kann und ansonsten, so scheint es, zwei linke Hände hat.

Heute die Flugzeuge mit Düsenantrieb schneller fliegen als die früheren Propellermaschinen, die es meistens noch gibt, um die Nostalgie aufrecht zu erhalten.

Briefmarkensammler um die halbe Welt reisen, nur um zu ersteigern einige Marken und um zu vervollständigen die Briefmarkensammlung.

Was mit Ach und Krach geschehen ist, auch sehr schnell vor einem Gericht enden kann.

Manche mit einem Fernrohr die wilde Tierwelt oder sogar den Sternenhimmel beobachten, nur um zu ergattern seltene Tiere oder Sternkonjunktionen.

Was ist geil, meistens nicht ist auch noch anständig.

Was ist zerstreut, auf einmal ist vom Winde verweht.

Hast du etwas Geld zu viel, so spende dies ruhig für einen guten Zweck, man wird dir dankbar sein und du kannst ruhigen Herzens weiter in den Alltag leben.

Was ist mit Begierde, auf einmal nur gegessen wird.

Einiges im Leben es umsonst gibt, wie das Meer auf unserer Erde.

Wer viel besitzt und reich ist, ruhig etwas an die Armen kann abgeben, diese werden ihn durch Danksagungen in ihre Herzen schließen.

Ist etwas konkret beschrieben, man eigentlich nichts kann falsch machen.

Ordnung und Sauberkeit in unseren Städten und Gemeinden oberstes Gebot sind und jeder sich daran kann beteiligen, es reicht schon, die Straße vor dem Haus zu reinigen, denn ein bisschen Fleiß vor Unrat rettet.

Was ist erstrebenswert, dies sollte man auch möglich machen zu erreichen.

Bist du voller Power, so setze deine Energie sinnvoll ein und spare ein bisschen vor, bevor die Power wieder geht verloren.

Bist du ein Schotte oder ein Bayer, du natürlich hast ein Trachtenkleid.

Was so alles geschehen ist im Laufe der Jahrhunderte, dies steht geschrieben nicht nur in Geschichtsbüchern.

Hast du ein Haustier an deiner Seite, so verwöhne es ruhig, es wird dir sein dankbar.

Hat dich gebissen ein Hund, so sei nicht zu sehr wütend, die Wunde heilt wieder und der Hund hat dich auch wieder lieb.

Hast du einen Diener, so spanne ihn nicht zu sehr für Dienste für dich ein, er ist schließlich auch nur ein Mensch.

Was ist von Menschenhand geschaffen, dein eigenes Hab und Gut sein kann, darum sei Gott im Himmel Dank, dass du dieses kannst behüten und beschützen.

Was schwer in der Luft liegen kann, nicht immer ein zu erwartendes Unwetter sein kann, sondern auch der Abschied von einem Freund.

Musst du sehr viel arbeiten, so du auch sehr viel kannst verdienen und die Mühe hat sich gelohnt.

Nimm den Mund nicht zu voll, wenn du hast einen Streit mit deinen Angehörigen, baldige Liebe und Zuneigung sind dir später auch wieder gewiss.

Bist du ein stolzer Jägersmann, du sicherlich hast mehrere Trophäen in deinem Zimmer hängen.

Wer ist unsolid, der auch Meinungen äußert, die nicht sind angebracht.

Was trägt viele Früchte, auch dein eigenes Schaffenswerk kann sein.

Hast du Lust auf etwas Saures, du zu Mittag Sauerkraut mit Kartoffeln isst.

Hast du Lust, etwas sauer zu sein, so du deine eigene Frau angiftest.

Geht man den Ehebund ein, man hat sich für einige Verpflichtungen zum Ehepartner entschieden.

Was ist kontrolliert, auch dein eigenes Leben sein kann.

Wer ist streng erzogen, braucht nicht unbedingt glauben an Gott.

Du vieles kannst festhalten, auch deine eigenen Kinder, um sie zu bewahren vor Gefahren.

Ist das Auto erst einmal außer Kontrolle, es schnell im Straßengraben kann landen.

Arbeitest du mit Hammer und Nagel, du eben bist ein fleißiger Handwerker.

Was ist gerade so, auch eine Freundschaft kann sein.

Was bitter schmeckt, auch zu alte Milch oder ein zu altes Getränk sein kann.

Hörst du Radio und Fernseher sehr laut, ist es Zeit, zum Ohrenarzt zu gehen, um zu überprüfen deine Ohren.

Manchmal ist es besser zu schweigen, um nicht den Widerhall seiner Mitmenschen zu erfahren.

Was ist auch eine Kunst, ist, aus dem Stand einen Überschlag zu vollbringen.

Ist man sehr pfiffig, man am besten sein kann ein Sportschiedsrichter, um zu betätigen die Trillerpfeife.

Wenn du dich gerne lässt begeistern, bist du bei jedem Heimspiel deiner Fußballmannschaft dabei.

Was dich immer wieder ärgert, ist, dass deine Katze immer wieder kackt auf den Teppichboden.

Was ist mit Vernunft, das meistens auch ist mit Verstand.

Ist es sehr unruhig beim Nachbarn, so du eben mal dort klingeln und deine Meinung sagen musst.

Büroklammern nicht nur zum Halten von Papier gut sind, auch zu einem Zählspielchen auch gut genug sind.

Läufst du etwas wacklig durch die Straßen deiner Stadt, du wohl einen zu viel hast getrunken.

Vergissmeinnicht es auch als Blumenpflanze gibt.

Der beste Affe im Zoo auch kann tanzen und dabei recht hübsch anzusehende Pirouetten dreht.

Beim zünftigen Tanze nicht nur ein Schritt vor den anderen gesetzt wird, nein, auch die Knie und der Bauch elegant werden bewegt.

Hast du auf eine Sonnenbrille, so du ruhig auch mal schauen kannst ins Sonnenlicht.

Hast du im Auto ein Navigationsgerät, so du dich nicht mehr kannst verfahren und immer erreichst dein Ziel.

Seebären nur langsam auf dem Lande sich fortbewegen können, dafür sind sie im Wasser wendig und auch schnell.

Du wirst genannt die bunte Kuh, weil du im Imbiss immer Milch bestellt und anhast immer bunte Kleidung.

Wunderwerke der Technik gerne bestaunt werden, besonders wenn sie noch funktionieren.

Wunderwerke der Baukunst gern geschaut werden, besonders wenn sie noch gut erhalten sind und somit ein besonderes Flair ausstrahlen.

Alles, was aufblüht, nicht nur Bäume und Sträucher sowie Pflanzen sein können, nein, auch wir Menschen können es sein, wenn wir erwachen zu neuem Leben und neuen Taten.

Was ist vordringlich, eben ist, wenn wir Menschen bei jeder Schlange im Warenhaus uns vorzudrängeln.

Nicht nur die Majestäten bejubelt werden, auch Sportler oder die Partner bei einer Hochzeit können es sein.

Wer trinkt zu viel Schnaps, der bald auch kann wie eine Leiche am Boden liegen.

Die Kleinigkeiten im Leben manchmal die schönsten Nuancen für uns Menschen sein können.

Wer ist pfiffig, der sicher schon einmal hat einem Mädchen hinterher gepfiffen.

Der Urknall der Anfang der Entstehung der Universen war, aber über das Ende der Universen noch heiß wird diskutiert.

Jeder schon mindestens einmal beim Aufräumen auf dem Hausdachboden eine tote Maus oder Ratte beseitigen musste.

Was ist von Kinderliebe Hand gebastelt, dies die Eltern gern ansehen.

Wenn du bist auserkoren, Großes zu leisten, hast du schon so manchen Titel errungen.

Stehst du im Sportwettkampf mit deinen Mitstreitern, hast du schon so manchen Sportler geschlagen und viele Titel schon eingefahren.

Was wird zur Chefsache, dies von starker Hand muss ausgeführt werden.

Weihnachten nicht nur ist eine besinnliche Zeit, man lässt vorbeiziehen an sich das letzte Jahr und setzt zu neuen Aufgaben im nächsten Jahr an.

Bist du schon schwach sehend mit den Augen, dann gehe zum Augenarzt und lass checken deine Augen.

Fehlt dir einmal die innere Ruhe, um eine Tätigkeit zu bewältigen, so setz dich erst einmal auf einen Stuhl und überlege eine Strategie oder Taktik, um besser zu meistern die Situation.

Was man kann so alles falsch machen, man gar nicht zeigen kann in einem TV-Spielfilm.

Liebst du Prosa und Lyrik, so versuche, selbst einmal diese zu schreiben.

Das Elfmeterschießen im Fußballspiel die Spannung noch erhöht und das Bier noch besser schmeckt.

Ist etwas einzigartig, es leider nicht wiederholt werden kann und so nutzt die Situation und versucht, das Beste herauszuschlagen.

Wenn man ist gut in Prosa und Lyrik, man sicher hat schon so manche Seite selbst geschrieben.

Was ist nichts wert, dies man kann einfach so entsorgen, um nicht zu ersticken in Gerümpel und Müll.

Ist der Zirkus mal wieder in der Stadt, freut sich Jung und Alt und bestaunt die Zaubershow, die zahlreichen Tiere und Künstler.

Ist mal wieder eine Flugshow angesagt, kommen Familien und bestaunen die Maschinen und Flugakrobaten.

Was ist zahlreich, bei jedem Fußballspiel im heimischen Stadion viele tausend Fans zujubeln ihrer Mannschaft und jedes Tor eine Turbulenz ausübt.

Gehorsamkeit vor allem von Tieren wird erwünscht und wer die beste Gehorsamkeit hat, das wird ermittelt bei Dressurwettkämpfen.

Was du gut riechen und gut schmecken kannst, das bei vielen Familien jeden Sonntag landet auf dem Mittagstisch.

Liest du die Morgenpost, so du erfahren willst die neuesten Nachrichten über Sportler, Künstler und Politiker.

Für viele Studenten das Studium in Armut und Bescheidenheit ist, aber sind sie erst mal Ingenieur, Lehrer oder Doktor, sie dann viel zu sagen haben und drehen und leiten die Wirtschaft im ganzen Land.

Sticht dich eine Biene, ein Juckreiz auf dem Körper ist, so du die Wunde auswaschen und mit einer Salbe einreiben musst.

Bist du zur unerwünschten Person erklärt worden, so hilft nur noch, zu verlassen das Land und zurückzukehren in dein Heimatland.

Was voranschreitet, dies eben nicht zurückgedreht werden kann.

Bauwerke, die für die Ewigkeit geschaffen wurden, mit den Jahren immer wertvoller werden.

Manche Reklamen an Unverstand grenzen.

Manche Utensilien bei Sammlern immer wertvoller werden und auf einmal unbezahlbar sind.

Was ist toll, nicht immer anständig sein muss.

Wenn einem gesagt wird, man habe zu wenig Grips, kontert man und stellt etwas mit sehr viel Geist Geschaffenes her.

Besitzt du eine wertvolle Uhr, so du diese gegen etwas Gold eintauschen kannst.

Gold hält ewig im Gegensatz zu Papiergeld und ist somit ein gern gehandeltes Produkt.

Überlegst du am Silvesterabend, was du im Neuen Jahr so alles willst erreichen, so sei aber bei klarem Verstand, was am Silvesterabend meistens nicht der Fall ist.

Hast du Angst vor Schlangen und Spinnen, so bereise eben nicht die Länder mit einem tropischen Klima.

Was heute noch als anständig gilt, kann morgen schon als verrucht gelten.

Liegst du den ganzen Tag gelangweilt auf der Couch, so überlege doch bitte, das Haus zu einem Trip oder einer sportlichen Aktivität zu verlassen.

Ist ein Fußballspiel remis ausgegangen, so sich eben beide Fanlager über den gewonnenen Punkt freuen und feiern.

Menschen mit feurigem Temperament immer noch erleben mehr Abenteuer.

Das Wasser auf der Erde immer noch durch Kometeneinschlag vor Millionen von Jahren entstanden sein soll, aber ganz sicher diese Hypothese unter Wissenschaftlern immer noch nicht ist.

Was uns kann verzücken, auch das Spielen von kleinen Kindern oder die Sprachfindung dieser sein kann.

Würden wir Erdenmenschen nichts mehr ernten können auf den Feldern dieser Welt, uns bleiben würde, uns zu ernähren aus den Wäldern oder Ozeanen und Meeren.

Ist erst die Diskussion entbrannt, meistens kein Ende ist in Sicht.

Viele Sprachen ein menschliches Gehirn kann beherrschen, aber nicht mal ein Viertel der Sprachen dieser Welt er kann sprechen.

Früher Gotteslästerung in Kriegen oder blutigen Auseinandersetzungen endeten.

Gehst du im Wald spazieren, so du auch willst den sumpfigen Duft der Wälder verspüren.

Kleine Kinder sich erfreuen, wenn sie ab und zu ein neues Spielzeug bekommen geschenkt.

Schenkst du jemanden einen Rosenstrauß, so du meist deine Ehrerbietung gegenüber den Beschenkten ausdrücken willst.

Bist du ein Clown, so du meist gehörst zu den kleinen Menschen, aber hast einen großen Verstand.

Was ist gewiss, dies meistens auch ist gut.

Reißt du einen guten Witz, viele Leute sich amüsieren oder lachen.

Bist du geflogen von der Schule, du meistens kannst nur noch arbeiten als Tagelöhner.

Wenn die Leute mal sind sehr besoffen, umso besser sie verbringen ihr Tagewerk.

Was man nie sollte vergessen, wie viel Kleingeld man noch hat im Portemonnaie.

Wellensittiche auch noch so mausern, den Menschen sie lieb haben für immer.

Bist du mal nicht höflich, so bitte wenigstens um Verzeihung, es könnte dir sonst übel genommen werden von deinen Mitmenschen.

Was ein König allein musste, war, seine Notdurft zu verrichten.

Hast du einen Diener, so bezahle ihn gut, er wird es dir danken und dich noch besser bedienen.

Wenn alles ist verflixt, aber im nächsten Moment alles wieder gut ist, öfters vorkommt in unserem Leben.

Was ist sehr drückend, nicht nur die neuen Schuhe können sein, nein, auch einige Begebenheiten aus unserem Leben.

Liest du frühmorgens die neuste Tageszeitung, so du nicht nur erfahren willst das Neueste, sondern auch einige gelesene Witze einen gut in den Tag starten lassen.

Wer ist emsig, der eben ist wie eine Emse und viele Neuigkeiten in seinem Tagewerk aufpickt.

Was ist mit viel Freude, dies auch von Herzen kommt.

Was ist ewig, auf einmal kann zu Ende sein.

Was ist ewig, auch zeitenlos werden kann.

Bist du wie ein Parasit, die Anderen immer für dich arbeiten lässt.

Ein Unmensch zu sein, bei den Anderen zu Wutausbrüchen kann führen.

Wie ein Vogel im Leben bist du, wenn du springst von einer Situation zu einer nächsten Situation.

Bist du wie eine verwelkte Pflanze, so du dich fühlst wie kurz vorm Sterben.

Hat Gott dich in die Ewigkeit befördert, so du musst erst einmal begraben werden.

Wenn du bist wie „Hans Nichts", dir im Leben nicht viel gelingt.

Manchmal Situationen im Leben scheinen, als hättest du eine Rolle vorwärts gemacht.

Was kann die Teilchenphysik nicht lösen, eben in großen Teilchenbeschleunigern weiter wird erforscht.

Hast du jeden Monat eine interessante Zeitschrift zum Lesen, so lies sie genau, denn diese kann geben Antworten auf Fragen des Alltags und der Zeit.

Liegst du benommen im Krankenhaus, so du auch wieder wirst in einigen Tagen wieder festen Boden unter dir spüren.

Schweigen manchmal kann viel wert sein, aber auch in einem Unglück enden kann.

Nicht nur die Weinflasche kann verkorkst sein, manchmal auch so manche Tage in unserem Leben.

Was du schriftlich aufschreibst, dies kann wenigstens später wieder aufgeschlagen werden.

Kein Mensch besitzt eine Spürnase wie so manches Tier.

Machst du dir immer etwas aus Kleinigkeiten, du sicherlich auch jeden Cent nachzählst.

Was ist unbrauchbar, man sollte nicht immer entsorgen, wird es repariert, es wieder wertvoll sein kann.

Der Müll uns große Sorgen kann bereiten, besonders wenn er zerstreut in der Gegend umher liegt.

Vordringlichkeit auch sein kann, wenn ein Sprintsportler immer vor den anderen Sportler rennt.

Kennst du die Ursache einer Begebenheit nicht, so du kausal die Dinge nicht bewerten kannst.

Was ist mit Zwiespalt, auch eine Ehe kann sein.

Sind die Partner erst einmal in Zwiespalt, meistens die Scheidung folgt.

Superlative eben versuchen, die Zukunft vorauszusagen

Kostet etwas Gebühren, du eben bald musst sparen, um zahlen zu können.

Was ist anstrengend, bei manchen ist, jeden Morgen aus dem Bett zu steigen.

Einen Reim in die gesellschaftliche und fröhliche Runde gesprochen und schon ist perfekter der Abend.

Reimen man kaum kann erlernen, es muss einem schon ein bisschen in die Wiege gelegt sein.

Wer ist immer bei wachem Bewusstsein, der eben leichter durchs Leben kommt.

Macht der Artist einen Fehltritt, er dann fällt ins Netz.

Du sicherlich hast schon einige Mädchen geliebt, aber bei einer du ein Leben lang bleibst.

Bist du einer Frau immer treu geblieben, so ihr auch nach dem Tod nebeneinander auf dem Friedhof liegen könnt.

Einfühlsamkeit auch ist, seine Kinder behutsam auf den Schulunterricht vorzubereiten und vielleicht schon vorher zu lernen das Alphabet.

Ein Künstler vieles kann, aber bei seiner Lieblingsnummer meist immer bleibt.

Wenn ein Künstler zeigt seine Attraktionen, dann Groß und Klein staunt und viel Beifall spendet.

Sieht man dem Autorennen zu, so mancher Fan am liebsten haben will ein Rennauto, um zu fahren täglich mit dem Rennauto durch die Straßen seiner Stadt.

Was ist heilig, dies auch gepflegt und beschützt werden soll.

Isst du ein teures Mittagsmahl, so du von dem Gericht meist erwartest einen besonderen Geschmack.

Dem, was man will einfügen, manchmal erst Platz gemacht werden muss.

Auf allem, was hat vier Beine, meist ein Mensch kann sitzen.

Bist du gern ein Streithahn, Omas Hühner wohl deine Lieblingstiere sind.

Gehörst du zu den Bestsellerautoren, du wohl eine spannende Kriminalerzählung geschrieben hast.

Wer nie schaut in Bücher, dem meist etwas Wissen fehlt.

Bist du als Autor sehr bekannt, du sicherlich schon hast ein Dutzend Bücher geschrieben.

Bist du schon über 20 Jahre alt und isst immer noch gerne Popcorn, so es dich gerne erinnert an deine Kinder- und Jugendzeit.

Wer sich viel ausruht und viel schläft, der meist schon ist Rentner.

Glück muss man haben, wenn beim Bedienen des Lichtschalters es einen Kurzen gegeben hat.

Kannst du nicht mehr gut sehen und hörst etwas schwer, du wohl bist schon über 70 Jahre alt.

Wer mit viel Fleiß, dem auch mal gerne vor lauter Arbeit der Schweiß den Körper bedeckt.

Wer mit viel Fleiß, der auch den Verdruss nicht fürchtet.

Was ist mit genauen Berechnungen hergestellt, dies auch länger hält.

Eine Zipfelmütze erinnert an so manche Märchengeschichte, auch Erwachsene manchmal eine aufhaben könnten.

Wer ist sehr hungrig, der nicht nur eine Butterstulle sollte verschlingen.

Kümmerst du dich um etwas, so erwarte auch eine Belohnung.

Bist du besoffen, du nur noch unanständige Witze erzählst.

Bist du wie ein Erlkönig, du gerne die Bäume hinaufkletterst.

Wo spielt die Musik, dort auch zünftig getanzt wird.

Die Baumschule heißt so nicht nur der Bäume wegen, nein, alles über die Natur dort gelehrt wird.

Spielen die Kinder im Sandkasten, dort auch manchmal kleine Bauwerke aus Sand entstehen.

Was ist Recht und was ist nicht rechtens, dies entschieden wird bei Gerichtsverfahren.

Kleine Tiere im Wald wohnen, aber auch große Zwei- und Vierbeiner dort leben.

Rollt die Bahn auf Gleisen dahin, relativ große Geschwindigkeiten, schneller als ein Auto fahren kann, erreicht werden.

Mancher führt ein Tagebuch, sodass man auch nach Jahren nachschauen kann, was dort geschrieben wurde.

Das Kettenkarussell sich im Kreise dreht, aber beim Autoscooter man nicht nur geradeaus fahren kann.

Was ist ratsam, ist, immer ein Taschentuch in seiner Hose bereit zu haben.

Was ist cool, dies aber anstrengend sein kann.

Bist du mit viel Eifer bei der Sache, du dein Ziel bald erreichst.

Was ist unabwegbar, dies meist nicht zu erfüllen ist.

Ist etwas beklommen, es wohl ist zu schlecht.

Hast du etwas befürwortet, so halte lieber dein Wort.

Einer Zusage lass bald Taten folgen.

Hast du einen Stromstoß bekommen, so sei froh, dass du noch bist am Leben.

Allem, was ist ursprünglich, manchmal erst auf den Grund gegangen werden muss.

Ist etwas zu anstrengend, so lass es lieber sein, etwas Ähnliches dir bald einfällt.

Ist etwas eine Nummer zu groß, so nimm es etwas kleiner.

Packst du eine Sache mit Ho Ruck, so pass auf, dass die Sache dich nicht umhaut.

Suchst du etwas mit einer bestimmten Strategie, so lass dir auch eine bestimmte Taktik einfallen.

Was ist ungeheuerlich, gar nichts an Gespenster erinnern braucht.

Was ist gruselig, gar nicht an einen bestimmten Film erinnern muss.

Was ist mit einer guten Taktik vorausberechnet, wird meist durch sein Ziel erreicht.

Was ist verwegen, gar nicht mal vom Winde verweht sein muss.

Man kann so fast alles putzen, aber seine Schuhe man öfters putzen sollte.

Musst du dir etwas verkneifen, so du meistens machst einen Rückzieher.

Ist etwas von Belangen, so dies meistens ist sehr wichtig.

Ist man mit Sturm und Drang unterwegs, so man mühevoll sein Ziel erreicht.

Unwissen nicht vor Tatenlosigkeit schützt.

Magst du große Vorbilder im Sport, so du gerne möchtest erreichen die Leistung der Vorbildsportler.

Baudenkmäler auf der Erde gibt es viele, aber einige davon bereist zu haben, das Ziel vieler Menschen ist.

Ist etwas in Reparatur, so ein jeder hofft, dass die Reparatur ein gutes Ende nimmt.

Das Wichtigste für viele ist, ein geruhsames Zuhause zu besitzen.

Was einen kann ärgern, ist, wenn der Gesprächsteilnehmer immer wieder fällt einem ins Wort.

Eine Ho-Ruck-Aktion auch sein kann, an einem Wochenende zu säubern Hof und Garten.

Wer fleißig und schnell arbeitet, der auch viel Geld ausgezahlt bekommt.

Du etwas steif vom vielen Biertrinken bist, darauf kannst nicht mehr halten das Bierglas.

Eine Zuckerwatte gut schmeckt, besonders, wenn sie so richtig aufgeplustert ist.

Was ist mit viel Liebe vorbereitet, meistens auch gut abläuft und gut zu Ende geht.

Je rauer ein Belag ist, umso besser man eigentlich könnte die Schuhe abtreten.

Bist du wie ein Hühnerei, so man dich erst klopfen und abschälen muss, bis du das Gewünschte tust.

Sind deine Schuhe zu klein, so brauchst du dich nicht zu wundern, dass du auf einmal hast eine offene Wunde.

Ist etwas Kleidung zu klein, so du diese nicht mehr tragen kannst und nach etwas Größeren Ausschau halten musst.

Wer ist wie eine Amsel, der Fleiß und Mühe nicht spart, um etwas zu gewinnen.

Wenn du gern reitest, du gleich mehrere Pferde im Stall hast.

Ist etwas besorgniserregend, du dann dafür sorgen musst, dass sich die Plage nicht noch weiter ausbreitet.

Bist du wie ein Hamster, du dir Lebensmittel zuhauf sammelst.

Kommt dir mal die Kotze hoch, so mach dein Erbrechen wenigstens in ein Klo.

Bist du immer anständig, du dir die bekannten Leute immer grüßt.

Nach Amerika jeder mal reisen möchte, gibt es doch dort viel zu erleben.

Was ist mit viel Verstand, auf das du dich immer verlassen kannst, behüte es gut, es könnte dir helfen im Leben.

Affen und Menschen gemeinsam haben, dass sie machen können Grimassen und etwas geschickt turnen können.

Was ist vertrocknet, dies auch leicht kann verdorren.

Tust du etwas mit Freude und Lust, dies meistens von deinen Mitmenschen wird geachtet.

In einem Ballhaus etwas flinker die Beine und Hüften geschwungen werden als in einem normalen Tanzhaus.

Wenn man ist sehr gefügig, so mancher sich an die Straßenverkehrsordnung hält.

Wenn man ist ein Geigensolist, so man oben alleine auf der Bühne steht.

Der Nikolaus eben nur bringt Süßigkeiten, aber zu Weihnachten es noch anderes zu schenken gibt.

Hast du erst mal ein Staatsexamen, so bald du kannst werden ein Minister.

Wer sich immer an die Straßenverkehrsordnung hält, der kaum einen Unfall verursacht.

Hörst du Radio und hast deinen Lieblingssender eingestellt, so du dich kannst stundenlang mit Musik und Informationen gut unterhalten.

Klingelt es in deiner Kasse nicht mehr, so du musst wieder etwas verdienen gehen.

Eine Person wird als Hohling bezeichnet, wenn er hat schwachen Grips.

Sind die Fenster deiner Wohnung weit geöffnet, so bei deinen Zimmern meistens nicht nur frische Luft eindringt, aber leider auch der Lärm deiner Umgebung.

Was ist kühl, muss nicht unbedingt aus dem Kühlschrank genomen sein, nein, auch das Wetter kann zu kühl sein.

Hast du viel Lust, du wohl auf einmal musst lachen.

Was deine Sinne dir innerlich flüstern, auf einmal ist geschehen.

Bist du ohne Obdach, so du versuchst, im Armenhaus zu schlafen.

Wer viel gearbeitet hat in seinem Leben, der als Rentner manchmal hat einen krummen Rücken.

Bist du sehr verspielt, so du das auch auf einmal bist zu deiner Frau.

Was ist besorgniserregend, das man versuchen muss abzustellen.

Was ist mit viel Fleiß errichtet, das manchmal recht hübsch ausschaut.

Ist der Ärger in der Familie sehr groß, auf einmal die Scheidung ansteht.

Was so alles musst in ein Postpaket, dies manchmal man gar nicht glauben kann.

Wer ist mit einer guten Strategie zur Reise angetreten, der meist auch viel sieht und erlebt.

Was ist verborgen so alles im Dunkeln, nicht nur Fledermäuse sein können.

Schürst du einen Wahnsinn in dir, du wohl gerade einen Krimi im Fernsehen anschaust.

Spürst du einen Wahnsinn in dir, du wohl bist auf der Autobahn.

Ist etwas unverzeihlich, so lasse dich auch nicht von vielen Bitten aufhalten.

Bist du mit viel Erfahrung, du in der Diskussionsrunde einiges zu sagen hast.

Bist du bei einem Gelöbnis, ein neuer Alltag für die Menschen beginnt.

Was ausschließlich gut ist, dies seine Spuren hinterlässt.

Atmest du den Duft der Stadt ein, so du willst nie wegziehen.

Was man kann bestellen, nicht nur über die Post geschehen kann, sondern auch über die Hochzeit oder ein Geburtstagsfest.

Wenn ist etwas zu krumm, so man es nur gerade biegen braucht.

Hat dein Auto eine Panne, so versuche erst einmal, es selbst zu reparieren, oder rufe den ADAC an.

Das Festmariechen eigentlich die Schönste beim Karneval sein sollte.

Was etwas überhitzt, auch dein Verstand sein kann.

Was ein Attribut oder Artikel ist, lernen die Kinder schon am Anfang der Schulzeit, aber Fremdsprachen erst in der mittleren Klassenstufe gelernt werden.

Willst du ein Papierdruck oder Foto entwickeln, brauchst du neue Tinte.

Bist du ein Jägersmann, du sicherlich schon hast so manchen wilden Bock geschossen.

Geld nicht nur in deinem Portemonnaie ist, sondern auch dir Geldbanken sehr viel Geld zum Abholen bereit halten.

Wenn du gern etwas Geld einsparst, du wohl das Mittagessen wieder ohne Kartoffeln eingenommen hast.

Was ist mit Gas betrieben, rentabler ist, als mit Benzin betrieben.

Fühlst du dich wohl und locker, du wohl deine Gymnastikübungen ausgeführt hast.

Machst du jeden Morgen deinen Frühsport, du entspannter in den Tag gehst.

Hast du dir den Zeigefinger verletzt, so du nicht mehr provokatorisch auf andere Leute kannst zeigen.

Ist deine Katze dir entlaufen, du nur brauchst eine neue Hauskatze dir zu besorgen.

Begleitet deine Katze dich überall hin, so sie sich meist auch zu dir ins Bette zum Schlafen legt.

Hast du einen Computer, so du oben bist auf rentable Art und Weise mit der ganzen Welt verbunden.

Manche Menschen schielen, manche haben Kurzsichtigkeit, aber nur wenige sind blind.

Ist dein Kugelschreiber leer geschrieben, du dir eine neue Mine musst kaufen.

Was ist erhärtet, muss nicht nur aus Stahl sein, es können auch deine Sprüche und Thesen sein.

Wenn man etwas tut ohne Belangen, man auch den Nachbarn manchmal hilft.

Wenn du bist ein Edelmann, du natürlich hast eine edle Frau und ein altes Haus.

Hast du einen Schwur gegeben, diesem aber ein Leben lang musst dienen.

Lebst du in einer einfachen Hütte, natürlich vermisst so manchen Komfort.

Bist du ein Habenichts, du nichts besitzt und dazu noch auf der Straße lebst.

Verfluchst du dein Leben, so wende dich einfach etwas Neuem zu.

Rutscht dir die Hose, so du eben Hosenträger tragen musst.

Wenn du bist ohne Kompromisse, du jeden zweiten Tag ein Kartoffelgericht isst.

Ist dir mal der Tag zu lang, so lege dich einfach ins Bett und schlafe den langen Tag weg.

Wenn sich ein Ehepaar lieb hat, nur noch einige Kinder fehlen, um restlos glücklich zu sein.

Wenn man ist stolz auf das Erreichte, man endlich neue Ziele kann ansteuern.

Bist du sehr bescheiden, du dir nur selten kämmst die Haare und ein Bad in warmem Wasser auch selten ist.

Leitest du ein Ladengeschäft, du dafür sorgen musst, dass genügend Kundschaft in den Laden kommt.

Solang Werbung nicht übertrieben sich auswirkt, ist Werbung gut angebracht.

Bist du verrückt nach Meer, du nur fahren brauchst zur Ost- oder Nordsee.

Hast du am Ende des Monats kein Geld mehr in der Tasche, so du dir nur brauchst von einem guten Freund etwas Geld borgen.

Machst du jeden Morgen deine Gymnastik, so du dich den ganzen Tag meist wohl und locker fühlst.

Wenn ist etwas begrenzt, so du meist nur brauchst die Hindernisse beseitigen, um zu schaffen neue Möglichkeiten.

Hast du am Abend beim Skatturnier dein ganzes Geld verspielt, so achte beim nächsten Mal darauf, dass du dir einige Euro zurückhältst, um wenigstens noch Geld für Nahrung zu haben.

Es braucht einige Übungen, um zu besteigen ein Kamel oder einen Elefanten.

Wenn du bist positiv getestet worden, so hilft nichts mehr und du musst für einige Wochen in Isolation.

Hast du mal die Arbeit geschwänzt, so du dich nicht wundern brauchst, dass du am nächsten Tag einen Verweis ausgesprochen bekommst.

Was nicht ist niet- und nagelfest, dies eben versuche, mit Nieten und Nägeln zu reparieren.

Begegnest du einem Wolf im Wald, so du ruhig Angst haben kannst, dass der Wolf dich angreift.

Was ist vakant, dies du eben sein lassen solltest.

Was ist vakant, dies deine Lebenseinstellung sein könnte.

Was ist zu spitz, deine täglichen Tätigkeiten sein können.

Willst du mal sein ein Millionär, du es am besten mal mit Lottospielen versuchst.

Was ist Betrug, sicherlich im Leben auch schon ist passiert.

Ist etwas zu spitz in deinem Leben, so versuche, es durch deine Handlungen abzudämmen.

Sicherlich du warst im Leben schon einmal verliebt und bist gescheitert, weil deine Partnerin dich im Stich gelassen hat, so du eben ein weiters Mal versucht hast, eine Liebesbeziehung aufzubauen, und wie bei den meisten Beziehungen wird diese dein großes Glück.

Feierst du ein Comeback, du eben großes Glück im Leben hast.

Hast du eine Lebenskrise, so versuche, neue Lebensziele anzusteuern.

Bist du manchmal sehr verschlafen, so versuche es einmal mit einem täglichen Mittagsschlaf.

Hast du mal kein Geld, so brauchst du nicht gleich auf der Straße zu stehen und um Geld zu betteln, bringe lieber etwas Schmuck oder andere Wertsachen ins Pfandhaus.

Holz stapeln, Kohle stapeln, überstanden wird die kalte Winterzeit.

Manchmal träumst du davon, im Winter, wenn du frierst, ein dickes Fell wie die Tiere zu haben.

Bist du ein Musiker, so du kannst all deine Lieder mit Noten belegen.

Wer so einsam zu Fuß auf der Straße dahingeht, der gerne ein Fahrzeug hätte, um schneller voran zu kommen.

Die Klassiker unter den alten Komponisten waren fast alle krank oder verarmt, darum muss man den Hut ziehen vor ihnen.

Ist die Straße wieder Ewigkeiten lang und voller Buckel, so lege dich erst einmal schlafen, denn morgen siehst du es gelassener.

Wenn du bist mit Begierde, du das Schnapsglas in einem Schluck leerst.

Alles, was kompliziert zu erbauen war, von Architekten mit namhaftem Ruf gebaut wurde.

Bleibt der Zug auf halber Strecke stehen, wohl die Kohle oder das Wasser oder auch der Strom in den Oberleitungen ausgegangen ist oder jemand hat gezogen die Notbremse.

Isst du gerne Plätzchen, so backe diese mal selbst, sie werden noch besser schmecken.

Fällt der Kühlschrank mal aus, auch gleich die Hälfte der Lebensmittel schon nach Stunden nicht mehr genießbar ist.

Willst du vieles verhindern, so du vieles musst wissen und können.

Allianzen weder von Teleskopen noch von Raumsonden entdeckt wurden, aber immer wieder wird berichtet, dass Menschen seltsame Flugobjekte am Himmel gesehen haben sollen.

Einen Pullover aus Wolle und Garn zu spinnen, ist eine Sisyphusarbeit und so es verständlich ist, diese Arbeit lieber Maschinen ausführen zu lassen.

Wie du bist erregt, dir wohl ein süßes Girl ist über den Weg gelaufen.

Die Fertigung von Zeitungen und Büchern heutzutage von Druckmaschinen ausgeführt wird, früher dazu bedruckte Letter man benutzte, eine schwere und geduldsame Arbeit dies war.

Bist du beleidigt, dir wohl deine Frau eine Ohrfeige gegeben hat, nur weil du am Vorabend in der Stammtischrunde einige Bier zu viel getrunken hast.

Was ist nicht normal, dies kann paraphysisch außer Kontrolle geraten, besonders wenn die Menschen behindert oder schon alt sind.

Springen die Letter von einer Seite auf die andere Seite, so bald fertig ist das neue Buch.

Stehst du unter der Dusche, so es dir vorkommen kann, als seist du gerade in einen See oder einen Ozean gesprungen.

Wo sich die Liebenden vereinen, dort ist himmlisches Glück zugegen.

Schließen sich die Liebenden erst einmal zu einer Ehe zusammen, dort mit gutem Gewissen in die Zukunft kann geschaut werden.

Früher Hochwürden viele Diener und Ländereien hatten, heute der Adel meist allein und ohne Diener lebt.

Was die Kindlein so alles spielen, können sie als Erwachsene in ausgeführter Form auch noch ausüben.

Wie die Katze sich kuschelt, der Hund bellt und die Kühe und Schafe Milch geben, dieses und noch mehr alles auf dem Hof der Bauern kann geschehen.

Man weiß nicht, ob bei einem Gelage mehr Bier getrunken wird oder mehr Zigarren geraucht werden.

In der Schule das Poesiealbum seine Runde macht, jeder schreibt ein Verslein hinein und schon ist das Poesiealbum voll.

Die runden Jahreszahlen beim Geburtstag man besonders feiert und oft viele Gratulanten daran teilnehmen.

Wer fährt ein Cabrio, der meist auch ist ein Millionär.

Ein Blumenstrauß als Festtagsgeschenk immer angesagt ist, aber auch ein Geschenk nicht zu verachten ist.

Vor vielen tausend Jahren es Hexen und Feen gegeben hat, aber heute noch so manches ist verhext und verzaubert.

Früher es gab Aberglaube, aber heute man manchmal meinen könnte, es ginge mit dem Teufel zu.

Was ist konkret, dies meistens ist genau definiert.

Macht der Architekt eine Zeichnung, so diese vom Handwerker wird umgesetzt.

Wenn man ist zu rüde, gerne man so manchen Mitmenschen will verprügeln.

Hebt der Linienrichter beim Ballspiel seine Fahne, so dies erst einmal vom Schiedsrichter muss gesehen werden, um die Trillerpfeife zu bedienen.

Was ist lächerlich, dies auch mit Spott enden kann.

Ist eine Fußballmannschaft in Saus und Braus untergegangen, so die Köpfe tief hängen.

Steile Klippen es an Ozeanen viele gibt, aber manchmal hat man den Eindruck, im täglichen Leben gibt es diese auch.

Ist ein Zug zu spät im Bahnhof eingefahren, so es meistens Fahrgäste gibt, die die Nacht am oder im Bahnhof verbringen müssen.

Was ist von hohem Stellenwert, nicht nur das tägliche Lebens sein kann, sondern auch eine mathematische Ungleichung.

Was ist porös, dies bald in seine Bestandteile kann zerfallen oder einfach so abbricht.

Ist der Wolf sehr hungrig, er nicht davor zurückscheut, von des Bauers Weide ein Schaf zu reißen.

Bist du auf dich alleine gestellt, du eben musst Haus und Hof selber sauber halten und verwalten.

Stehen die Musiker erst mal auf der Bühne, sie dann zeigen eine große Performance und tolle Musik.

Hat das Fußballspektakel erst mal begonnen, dann Unterhaltung in bester Qualität angesagt ist.

Sitzt man erst mal auf dem Pferd und reitet man so dahin, man sich vorkommt wie ein König oder Edelmann.

Was ist mit Habgier, dies wie ein Geier auf Beutezug wirken kann.

Was ist aus Habgier, du jede Woche zu viel einkaufst und vieles einfach so wieder wegschmeißt.

Hast du einen Volltreffer im Lotto gelandet, so du eben bist ein Millionär.

Gehst du durch den Wald, du natürlich auch die Tiere des Waldes am besten mit einem Fernglas gern beobachtest.

Schreibst du einen Liebesbrief an deine Freundin, du ihr natürlich mitteilst, wie sehr du sie liebst.

Die Geschichte uns große Kriege unter den Stämmen lehrt, aber auch geniale Erfindungen und einzigartige Bauwerke.

Was ist von Bedeutung, das man beachten sollte.

Was ist groß und mit viel Gewicht, dies auch sein kann ein Elefant.

Erzählst du in gemeinsamer Runde eine Geschichte, so du auch bekommst den verdienten Applaus.

Wenn ist etwas umstritten, es erst entschlüsselt werden muss.

Wenn du bist ein Wagehals, so du wahrscheinlich versuchst, einen dreifachen Salto zu zeigen.

Auf das Sparkassenkonto nur das geht, was du einzahlst und als Beigabe die jährlichen Zinsen, meistens nur bei den wenigsten man von diesen leben kann.

Störtebecker eben war Entdecker von neuen Welten, aber auch aufregende Geschichten er geschrieben hatte.

Wenn etwas mit Lust und guter Laune angefangen, es enden kann in Chaos und Unvernunft.

Zählst du von 1 bis 100, so dies auch ein gutes Mittel ist, um einzuschlafen.

Was ist am besten, wenn man seinen Partner verloren hat, ist, sich ein Strauß Vergissmeinnicht in die Stube zu stellen.

Manch einer sitzt auf dem Stuhl, manch einer kippelt gerne oder manch einer macht auf diesen ein Nickerchen.

Hast du im Lotto nie etwas gewonnen, so nimm ruhig einen Schein mit ins Grab.

Was ist erregend, das eben gezähmt werden muss.

Bist du wie eine lahme Kuh, du 200 Meter bis zum Einkaufsladen immer mit Moped fährst.

Bist du erst mal ein Ingenieur, du viel Verantwortung trägst, aber auch interessante Neuigkeiten in die Produktion einführen kannst.

Bei Geschwistern, die sich ähnlich sehen, man auch Mutter und Vater schwer unterscheiden kann.

Wenn du bist ein Freigeist, du sicherlich hast schon viele Gedichte und Essays geschrieben.

Auf Anhieb etwas im Leben zu vollbringen, immer gut ist, denn man spart meistens viel Zeit.

Wenn statt der Freundin der Vermieter an deine Wohnungstür klopft, dann kann es sein, dass es bei dir so ist, als würde die Welt untergehen.

Liest du eine Zeitung, dann du willst nicht nur das Neueste erfahren, auch etwas Humorvolles man gern erwartet.

Bist du ein Sugar-Sugar-Baby, du dich wohl nur mit den elegantesten Mädchen deiner Stadt triffst.

Isst du gern Kekse, eine Brezel auch nicht zu verachten ist.

Da die Tafel Schokolade sehr schnell ist aufgegessen, du gleich mehrere Tafeln Schokolade aus dem Supermarkt mitbringst.

Was ist waghalsig, das lasse lieber sein.

Träumst du schon als Kind davon, einmal Verkehrspolizist zu werden, so du natürlich hast viele Spielzeugautos und beobachtest den Straßenverkehr.

Dreht das Düsenflugzeug erst mal die Düsen auf, so der Schall durchbrochen wird.

Was für die Ewigkeit gebaut wurde, heute noch zu bestaunen ist.

Besitzt du Haus und Garten, du natürlich ein liebes Haustier besitzt.

In Kraftwerken viel Strom erzeugt wird, aber auch umweltschädliches Gas.

Setzt du dich für Friede in dieser Welt ein, du öfters auf die Straße gehst und demonstrierst.

Was der Umwelt nicht kann schaden, sind ein mächtigstes Regenband und dann wieder sehr viel Sonnenschein.

Was in Ehre und Würde nicht nur Adel zelebriert, sondern auch gern die gewöhnlichen Menschen unserer Erde.

Was man gut heißen kann, ist, etwas Alkohol nach der Arbeit zu sich zu nehmen.

Bist du ein Mitteleuropäer, so du Achtung haben solltest vor den Menschen der übrigen Welt, wo der Wohlstand nicht so groß ist.

Was man kann gut heißen, ist, jeden Tag um sein Haus zu joggen.

Ist etwas in Ehren, so es extra Gutes ist.

Was fast jeder Bergsteiger hat vor, ist, die 8.000 Meter hohen Gipfel zu besteigen.

Was ist weder gut noch böse, all deine Verwandten und Bekannten sein können.

Was ist weder noch gut und böse, dein halbes Leben sein kann.

Was ist weder gut noch böse, so mancher Tag in deinem Leben kann gewesen sein.

Hast du schon einige Tiere um dich, du noch mehr Tiere dir besorgst, um zu haben jeden Tag noch mehr Freude und Spaß.

Warst du schon öfters Zahnziehen beim Zahnarzt, so brauchst du dich nicht wundern, dass du nur wenige oder gar keine Zähne mehr hast.

Ist es frühmorgens und die Geschäfte noch zu haben, so iss einfach einige Früchte aus deinem Garten, um deinen Hunger zu stillen.

Die Mutter, bei der alle paar Stunden das Baby Laute von sich gibt, trotzdem glücklich ist um ihr Baby.

Was ein Autofahrer wissen muss, natürlich sind die Regeln der Straßenverkehrsordnung.

Hast du mit deinem Auto einen Verkehrsunfall gebaut, bist aber mit Blechschaden davongekommen, so sei glücklich, dass du so glimpflich bist davongekommen.

Kaufst du ab und zu etwas neue Elektronik im Warenhaus, so ist es nicht schlimm, denn du brauchst einen Experten, um zu bedienen die Geräte.

Lebst du wie im Paradies, du wohl hast sehr viel Geld.

Lebst du wie im Paradies, du wohl bist sehr wohlhabend.

Lebst du wie im Paradies, du wohl hast sehr viel geerbt.

Napoleon die ganze Welt wollte erobern, am Ende seines Lebens er nur hatte eine kleine Insel.

Vergisst du, das Zimmer zu lüften, du sehr leicht kannst bekommen Kopfschmerzen.

Was ist verblüht, deine Tugend und Jugend können gewesen sein.

Wenn du dich fühlst, als seist du in Wolken und über alles erhaben, du wohl bist frisch verliebt.

Fängt die Katze eine Maus, so sie eben hat einen Schmaus.

Kann die Maus durchkriechen in ihr Loch und sich vor der Katze retten, so sie eben hat Glück gehabt.

Was ist ein leckeres Essen, sollte auch haben die Kalorien und Nährwerte, um zu sein gesund für unseren Körper.

Ein Kugelschreiber mit vielen Minen nicht nur lange hält, sondern auch ein farbenfrohes Bild man malen kann.

Bist du begeistert von einer Ballspielsportart, so probiere diese mal selber aus.

Bist du ein guter Fußballspieler, so du sicherlich kannst viel mit dem Ball, von Jonglieren bis hin zu weiteren Künsten.

Bist du sehr spitzmäuserisch, du dich wohl immer ins letzte Loch verziehst.

Bist du wie ein Aal, du wohl immer versuchst, dich durchzuschlängeln.

Vermesse nicht die Zeit, sondern die Ewigkeit.

Bist du gut in Mathematik, du wohl nicht nur Integrieren oder Differenzieren kannst.

Willst du etwas musizieren und hast keine Zähne zum Pfeifen im Mund, so benutze deine Lippen, um dir etwas Musik zu blasen.

Hörst du nicht mehr, so du ganz leicht kannst erlernen die Gebärdensprache.

Wer ist erst mal 60 Jahre alt, der meistens nur darauf wartet, Rentner zu sein, um nicht gehen zu müssen zur Arbeit.

Was dich von deinem Zuhause kann wegtreiben, manchmal ist die Gehässigkeit deiner Mitmenschen.

Was ist ohne „Grund und Boden" abgelaufen, auch sehr schnell in einen Streit ausarten kann.

Wenn du bist ein Sprachtalent, du natürlich mehrere Sprachen beherrschst.

Wenn du manchmal bist wie eine schlagende Axt, du meistens also das lautstarke Schlusswort sprichst.

Wenn du bist ein Milliardär, du auch zwei Flugmaschinen besitzt.

Was ist kontrovers, dem man meist nicht entgegen sprechen kann.

Wenn ein Hobby dich immer ermuntert, dieses auszuüben, möchtest du dieses Hobby niemals missen.

Was ist mit Pfiff, sollte nicht verpfiffen werden.

Was ist verewigt, sollte nicht beiseite gekehrt werden.

Hast du manchmal viel Geduld, du auch haben musst eine gute Lunge.

Wenn man ist verkehrt, du die falsche Frau zum Standesamt geführt hast.

Wenn man ist verkehrt, du am falschen Bahnhof aus dem Zug gestiegen bist.

Wenn man ist verkehrt, du dein Auto nicht mehr findest auf dem Parkplatz.

Wenn man ist verkehrt, du in den Damenshop statt in den Herrenshop gegangen bist.

Was sich kann lösen, ist dein Hochzeitsbild an der Wand.

Was sich kann lösen, nur mit einem Hammer fester gemacht werden muss.

Was sich kann lösen, manchmal nur mit Lötfett und Zinn wieder zusammengefügt werden muss.

Hast du manchmal viel Geduld, so auch beim stundenlangen Warten auf den nächsten Bus.

Zum Fahrradcamping man nur mitnehmen sollte Flickzeug, Schlauch und Werkzeug.

Kommst du schon mit guter Laune an deinen Urlaubsort, so steigere den Zustand noch mehr, indem du ruhst mitten in der Sonne.

Was ist behaglich, auch ein Mittagsnickerchen in deinem bequemen Sessel sein kann.

Wenn du bist ein Geschöpf Gottes, du gar nicht sein brauchst ein König oder Prinz.

Ist ein Spektakel auf der Bühne, viele Zuschauer aller Welt herbeiströmen, um zu staunen und Beifall zu zollen.

Nicht nur die Jungfrau unberührbar ist, auch die Natur und Umwelt es sein sollen.

Wenn ist etwas mit Gewissheit, so es eben kann passieren.

Ist etwas mit Gewissheit, so es unsere Aufmerksamkeit erfordert.

Bist du mit gutem Gewissen bei einer Sache, so wird es dir vortrefflich gelingen.

Taten und Missetaten es jeden Tag auf der Erde gibt, aber die größte Tat ist die Beendigung eines Krieges.

Kriege und Auseinandersetzungen es in der Geschichte der Menschheit immer wieder gab, aber so glaubt auch Gott, dass eines Tages überall Frieden auf der Erde ist.

Ist ein Unfall erst einmal passiert, so die Schuldigen bestraft werden.

Wie eine Pflanze so schön kann blühen, so schön auch das Leben der Menschen sein kann.

Ist die Frucht erst mal verdorben, so sie umsonst wurde gesät.

Was dir alles kann im Leben gelingen, das du meistens nicht vorher weißt, umso mehr sollte dich das freuen.

Gruslig manche Geschichten sind, die stehen in unseren Märchenbüchern.

Lernst du etwas schätzen, so du dein Leben besser gestalten kannst.

Hat man einmal damit angefangen, sich für eine Sache zu engagieren, so man sein ganzes Leben dafür eintreten sollte.

Früher es mehr Volksstämme gab, Krieg und Pest die heutigen Staaten übrigließen.

Wenn ein Sportler sehr waghalsig sein kann, er es auch mal mit dem Hürdenlauf probieren sollte.

Ist etwas vortrefflich, so man genau das Richtige angegangen ist.

Ist etwas vortrefflich, man genau ins Ziel geschossen hat.

Ist etwas vortrefflich, man genau das Beste ausgewählt hat.

Ist etwas vortrefflich, man damit zufrieden sein kann.

Ist etwas vortrefflich, man als Vorbild wirken kann.

Ist etwas vortrefflich, man damit sich befriedigen kann.

Bist du ein Vorbild für alle anderen, du wohl bist ein Mustermann.

Bist du vorbildlich, so du viel Charme auf andere ausübst.

Bist ein Vorbild für jeden anderen, so du stehn musst jeden Tag deinen Mann.

Sorgen nicht nur aus Nachlässigkeiten entstehen.

Was ist jähzornig, dies mit Ärger verbunden ist.

Was ist von ewigem Bestand, dies geschützt werden muss.

Bist du bei einer Hau-Ruck-Aktion beteiligt, so du ruhig mal eine Pause machen kannst.

Isst du in der Arbeitspause dein belegtes Brot, so du dann wieder fleißig kannst arbeiten.

Abtrünnigkeit auch ist, seine eigenen Verwandten zu misshandeln.

Hat die Kirmes erst mal angefangen, so auch schon der Alkohol in Massen wird verbraucht.

Ist dir etwas egal, so du auch es beiseite legen kannst.

Bist du sehr treffsicher im Fußballspiel, so du die Torschützenliste anführst.

Planst du einen großen Clou, so du alles gut überlegt haben musst.

Wenn dir etwas ist egal, so du es einfach beiseite schieben tust.

Hilfst du anderen Menschen in ihrer Not, so diese auch mal einen Dank sagen sollten.

Was ist begrüßenswert, nicht nur das morgendliche Treffen mit den Arbeitskollegen sein sollte.

Bist du stolz auf etwas, so du dies auch anderen Mitmenschen zeigen kannst.

Streitigkeiten es immer noch gibt, wenn der weiße Mann des Indianers Land will erobern.

Ist alles in Ordnung, so alles steht am rechten Platz.

Willst du mal etwas erleben, so fahre in die weite Welt hinaus.

Siehst du abends in die Sterne, dies für dich ist manchmal faszinierend, aber bis man zu den Sternen reisen kann, wohl noch mehrere Jahrhunderte werden vergehen.

Ist der Betrugsfall erst einmal aufgeklärt, die Täter bestraft werden können.

Wie man ist manchmal mit den Nerven fertig, so man erst einmal einen Tee trinken sollte.

Die Arznei nicht hat geholfen, man eben muss noch einmal gehen zum Arzt, um sich eine neue Arznei verschreiben zu lassen.

Trägst für deine Sammlung viele Raritäten zusammen, so du sie bald der Öffentlichkeit präsentieren kannst.

Früher gab es Ungeheuer, heute noch einiges ist ungeheuerlich.

Stellst du das Radio auf Empfang, du die schönste Musik kannst hören.

Was ist beziehungslos, das wahrscheinlich nicht zueinander passt.

Was ist beziehungslos, das niemals als Partner zueinander gefunden hat.

Ist der Himmel auch noch so blau, nach Tagen wieder Regen angesagt ist.

Ist das Ehepaar zerstritten, bald die Scheidung angesagt ist.

Sobald die Kinder dumpfe Laute von sich geben, Regen angesagt ist.

Wer sich immer schlecht benimmt, der es in der Schule sicherlich auch schon gemacht ist.

Geht das Pärchen erst einmal tanzen, umso glücklicher sie sind.

Droht dem Betrieb die Pleite, viele Arbeiter sich einen neuen Job suchen.

Alles, was du machst instinktiv, wohl hast von deinen Eltern vererbt.

In der Großstadt es öfters einen Autokorso gibt, besonders wenn die heimische Fußballmannschaft gewonnen hat einen Pokal oder sogar die Meisterschaft.

Bist du sehr verärgert von deinen Mitmenschen, so versuche, ruhig einmal ein aufklärendes Gespräch zu führen.

Was nicht holt, das meist auch nicht sät.

Einem anderen etwas Gutes zu tun, immer gut ist, er wird es vielleicht mit gleichem Preis zurückzahlen.

Ist etwas **beklemmend**, so es meistens nur geöffnet werden braucht.

Wenn er ist sehr betrunken, so manchmal Frau, Kinder, Mutter oder Vater einen Bogen um ihn machen.

Kaufst du deine Waren beim Marktführer, dann bestimmt wegen des günstigen Angebots zu guter Qualität.

Fährst du gerne Ski, dann besonders den Slalom den Abhang hinunter.

Stammst du aus einem guten Elternhaus, so du hast sicherlich ein Leben lang gute Manieren und siehst immer gepflegt aus.

Wenn du bist ein Zigeuner, du dich sicherlich in der ganzen Welt herumtreibst.

Wenn du bist bei der Arbeit ein starker Mann und hoch belastbar, so du sicherlich auch schwere Arbeit ausübst.

Kann dich keiner von deinem Zuhause wegtreiben, so bleibe dort ein Leben lang.

Ist etwas mit Konditionen geboten, so du erst mal die Waren vergleichst.

Wer ist hartnäckig, auch ein guter Freund oder Verwandter sein kann.

Trägst du den Anzug und den Schlips wie bei der Arbeit bis zum ins Bett gehen, so dies so sein soll.

Schreibst du einiges in dein Notizbuch, so es gut sein kann und du immer nachschlagen kannst, wenn du etwas Bestimmtes noch einmal wissen willst.

Rauchst du viel, aber nicht zu stark, so dies mag noch geradeso zu akzeptieren sein.

Ist die Feuerwehr im Einsatz, dort keine Freizeitfotografen etwas zu suchen haben.

Fällt der Regen in Strömen, du bald einen Bogen um große Pfützen machen musst.

Triffst du dich mit einem Mädchen, sie könnte deine neue Freundin sein.

Wenn du bist ein Spätzünder, du noch nie etwas mit einer Frau hattest.

Wenn du bist „nicht dumm geboren", du natürlich bist ein Professor.

Arbeitest du im Straßenbau, du jedes Schlagloch deiner Stadt kennst.

Ist die Katze dein Kuscheltier, sie immer beim Schlafen neben dir liegt.

Bist du sehr anstandslos, du noch nie einer Frau den Hof hast gemacht.

Bist du sehr anstandslos, du noch nie beim Dorftanz bist gewesen.

Bist du sehr anstandslos, du deiner Partnerin beim Tanz manchmal auf die Füße trittst.

Bist du sehr anstandslos, du beim Sportunterricht keine besonderen Übungen kannst.

Bist du sehr anstandslos, du deine Mitmenschen manchmal nicht ausreden lässt.

Bist du sehr anstandslos, du immer das letzte Wort hast.

Bist du sehr anstandslos, du deine Mitmenschen gerne beleidigst.

Bist du sehr anstandslos, du beim Fußballspiel deiner Heimmannschaft immer übern Zaun zuguckst.

Betroffenheit ist, wenn man in seinem ganzen Leben nur einige Dreier im Lottospiel hatte.

Betroffenheit ist, wenn man die soziale Leiter bis zum Elend der Wohnungslosigkeit hinuntersteigt.

Betroffenheit ist, wenn sich die Miet- und Lebensmittelpreise innerhalb weniger Jahre immer wieder erhöhen.

Betroffenheit ist, wenn deine Verwandten innerhalb weniger Jahre alle sind verstorben.

Betroffenheit ist, wenn du in wenigen Jahren mehrere Krankheiten durchstehen musstest.

Betroffenheit ist, wenn der Hausputz innerhalb eines Jahrzehntes mehrmals erneuert werden musste.

Betroffenheit ist, wenn du wenige Jahre immer wieder umziehen und dir einen neuen Job suchen musstest.

Betroffenheit ist, wenn deine Katze auf einmal nur noch in der Wohnung erbricht und kackt.

Betroffenheit ist, wenn gleich mehrere Pflanzen in deinem Garten sind nicht erblüht.

Betroffenheit ist, wenn innerhalb von wenigen Jahren mehrmals in deine Wohnung eingebrochen wurde.

Hast du ein Leben lang ein Liebesleben, dann du hast mehrere Frauen geliebt.

Was ist mit Ergiebigkeit, auch das tägliche Essen sein kann und so bleibst du gesund und stark.

Wer im Sportunterricht nur Purzelbäume zeigen kann, der eben im Sport schlechtere Noten hat.

Bist du zu lebenslanger Haft verurteilt, du ein schwerer Junge bist gewesen.

Wenn auf der Wiese erst einmal die Veilchen blühen, dann durch Tiere einige werden zertreten.

Bedienst du das Handy sehr geschickt, so du kannst um die ganze Welt telefonieren.

Was dir Freude machen kann, ist, wenn deine Enkelinnen die ersten Schritte in ihrem Leben machen.

Was Gott nicht hat erschaffen, dies von uns Erdenmenschen auch nicht genutzt werden kann.

Fehlt es dir an Benehmen in einer vornehmen Gesellschaft, so es meistens vorkommt, dass du fürs nächste Treffen nicht eingeladen wirst.

Kannst du Schokolade, so viel du willst, essen, bis du merkst, dass dein Magen fängt an zu streiken.

Alles, was ist recht, möge auch so bleiben, man braucht es nicht einmal im Gesetzbuch verankern.

Ist der Anker vom Schiff erst einmal eingeholt, so das Schiff volle Fahrt kann aufnehmen und die Länder dieser Welt ansteuern.

Wenn man ist mit sich einig, jeden Abend man kann einige Biere trinken, dies beruhigt nach getaner Arbeit die Nerven und ist gut fürs Einschlafen, um am nächsten Tag wieder sein Handwerk ausüben zu können.

Was ist befriedigend, ist, immer eine Partnerin zur Seite zu haben, um dem Wohnungstrott besser zu entgehen.

Hast du eine Katze, so versuche ruhig, ihr einige Kunststücke beizubringen, wie zum Beispiel das Geben der Vorderpfötchen oder das Tanzen zur Musik.

Bist du gerade mal nicht in rechter Stimmung, so mache an die Musik und vieles wird dir leichter gehen.

Auf einen Elefanten zu steigen, gar nicht ist so leicht, muss man doch erst mal den Elefanten dazu bringen, die Vorderbeine einzuknicken.

Willst du schreiben einen Vers, so tanze erst einmal zu guter Musik, dann wird dir das Schreiben sehr viel leichter fallen.

Kommt auf deinen Liebesbrief an die Angebetete keine Antwort, so sei nicht allzu traurig, es gibt noch viele Schönheiten auf dieser Welt.

Machst du regelmäßig deinen Morgensport, so du hast bald eine gewisse Routine und der Morgensport erweitert sich um schwerere Übungen.

Was ist regelmäßig, auf dies eben ist Verlass.

Bist du einig mit dir selber, so du jeden Abend ein Bierchen trinkst.

Wenn du bist nicht mit dir allein, so du eben hast eine Frau dir zur Seite stehen.

Bist du ein Künstler, du wohl auch zaubern kannst.

Der Betrug aufgeflogen ist, alle sitzen jetzt in Untersuchungshaft.

Quetschst du eine Zitrone aus, du sehr viel Saft möchtest haben.

Das Gedränge der Mittelstreckenläufer sehr groß ist und auf einmal die vielen Läufer ansetzen zum Endspurt und nur einer kann gewinnen.

Spricht der Papagei einige Worte deiner Sprache, so du ihm wieder geben kannst eine Leckerei.

Haarsträubend nicht nur das Aussehen deiner Haare sein kann, nein, auch dein Tun und Handeln.

Hast du das Kleingeld für den Einkauf zu Haus liegen lassen, so es immer noch gibt die Girokarte, mit der du auch alles kannst bezahlen.

Wenn du fährst ein Motorrad, so du gerne auch einmal aufdrehst auf über 100 km/h.

Was ist tragend, nicht nur der Gepäckträger deiner Fahrräder sein muss.

Erträgst du den Piecks der Antivirusspritze mit Geduld, so du wenigstens bist geimpft gegen so manche Krankheit!

Hast du erst einmal erspäht eine schöne Frau, so du sie nun um ein Date gebeten hast.

Die Flüsse dieser Erde in die Ozeane fließen, aber an den Ufern herrschen reger Betrieb und blühender Handel.

Die Zirkusse haben viele Künstler, aber wenn auftreten, für die Clowns am meisten geklatscht und gelacht wird.

Bist du startklar für den 100 Meter-Sprint, dann musst du noch in Position gehen und schon wird aus dir der Sieger.

Hast du die ganze Woche gearbeitet, dann freust du dich schon aufs Wochenende, wenn du die Beine hochlegen und ausschlafen kannst.

Bist du in der Schule ein Vorbild für die anderen Schüler, so versuche, deine Mitschüler beim Lernen zu unterstützen und bei schlechten Noten deine Mitschüler zu trösten, indem du ihnen sagst einige aufmunternde Worte.

Was wirkt beleidigend, auch schon sein kann, seine Hausnachbarn nicht zu grüßen.

Bist du ein Stinkstiefel in jeder Hinsicht, du schon wieder nicht hast die Straße vor deinem Haus zu fegen.

Wenn ist etwas beleidigend, so es kann für die anderen Mitmenschen auch herausfordernd sein.

Bringst du das Gewehr in Richtung Zielscheibe, du natürlich die größtmögliche Trefferquote möchtest erzielen.

Wenn man ist etwas gesegnet, man die halbe Bibel auswendig kennt.

Kant, Fichte, Hegel, das waren deutsche Klassiker, Philosophen, man sollte sie gelesen haben, dann weiß man mehr über Vernunft und Verstand.

Lebst du im Überfluss, du wohl bist sehr reich.

Läuft das Wasserfass mal über, so man etwas Wasser ablassen muss.

Fährst du mit dem Bus oder Zug, du natürlich einen Fensterplatz belegen möchtest, um zu genießen die farbenfrohe Natur.

Gibt es eine Elite in deinem Land, sie meist herrscht zusammen mit dem Staat über das Volk.

Früher Könige, Grafen und Fürsten über das Land herrschten, einige dieser Menschen mit Gewalt agierten, sie wurden aber meisten gestürzt durch ihre Untertanen.

Was ist dir auf den Leib geschnitten, dies auch Anziehungssachen sein können, aber auch die artgerechte Wohnung kann es sein.

Wenn man ist ein Rowdy, so man gerne die Vorgärten der Mäuse beschädigt.

Kannst du einen Kaugummi entsorgen, dann mach das auch richtig.

Vater, Mutter, Kind, alle zur Familie gehören, aber auch die Haustiere und auch die Tiere im Stall eine große Familie bilden.

Ist des nächtens einmal der Akku der Taschenlampe leer, so du dich eben im Dunkeln der Stadt vorwärts bewegen musst.

Ist etwas mit Zoff, du wohl hast einen Wundstarrkrampf.

Musst du etwas organisieren, so mach dir einen ausgeklügelten Plan.

Wenn du bist ein guter Sportler, so du sicherlich mehrere Sportarten betreibst.

Was ist im Moment noch stark, im nächsten Augenblick zu Schwäche umklappen kann.

Ist etwas alarmierend, so sieh dich vor, es könnte Schaden an dir bewirken.

Geht es dir schon einigermaßen behaglich, so leg dich in die Sonne und es geht dir noch viel besser.

Was ist einschränkend, das im nächsten Moment noch mehr alarmierend ist.

Wenn du bist ein seltsamer Geselle, du jede Arbeit mit Trick und List tust.

Deine Halskette ist ein wunderschönes Werk, scheint die Sonne, sie sogar funkelt.

Hast du dich am Finger verletzt, so verbinde die Hand gut und gegebenenfalls ziehe einen Handschuh an.

Was ist bedeutend in dieser Welt, du auch von deinen Mitmenschen kannst erfahren.

Hast du etwas von deinen Utensilien verloren, so frage auch im Fundbüro nach.

Ist das Familienleben einmal gestört, einer den anderen beleidigt und beschimpft, da hilft nur, sich zusammenzusetzen und ein paar klare Worte zu sprechen.

Schätze nicht nur unter der Erde liegen, nein, auch die Bäume, Pflanzen und Wälder schützend wert sein können.

Beim Subutnik am Wochenende das ganze Dorf mit anpackt, um zu schaffen, mit großem Fleiß, Neues und Altes zu putzen.

Wenn du bist sehr verletzlich, du bei jedem kleinen Wehwehchen gehst zum Arzt.

Manchmal ein paar aufklärende Worte reichen, um einen offenen Streit wegzureden und zu schaffen wieder Eintracht und Frieden unter den Bürgern.

Was ist inhuman, das von uns allen beseitigt werden sollte.

Ist der Streit unter den Bürgern auch noch so groß, aber auf einmal wird sich finden eine einvernehmliche Lösung der Probleme.

Ist etwas dringend notwendig, so eine Lösung sollte gesucht werden und wenn dies auch nicht hilft, eine Bürgerbefragung nur letztes Mittel sein sollte, um die anstehende Fusion zu lösen.

Was ist ohne Standbein, dies schnell kann kippen in ein fragwürdiges Nichts.

Wenn vieles Bitten nicht hilft, dann verfalle nicht ins Betteln.

Was so alles Zimmermänner zimmern können, dies auch so manche Andere können.

Geht es Ihnen auch so, manche Mitmenschen redet man plötzlich mit „Du" an, obwohl man ihn gar nicht richtig kennt.

Ein Überraschungsgeschenk man gerne entgegennimmt, besonders wenn es noch liebevoll verpackt worden ist.

Eine kausale Ursache meistens erst gefunden werden kann, wenn man die sekundären Hintergründe erkundet hat.

Wenn man ist ein Vorbild, so man immer schön angezogen ist.

Man sollte, und dies ist zu beachten, nicht nur mit Babys oder Kleinkindern behutsam umgehen, nein, auch mancher Erwachsener die Behutsamkeit hat verdient.

Bist du sehr angeberisch, du immer einen mit Vogelfeder geschmückten Hut trägst und die bunteste Kleidung, die es so gibt, anhast.

Musst du zu lange auf den nächsten Zug warten, so hole doch dein Handy raus und spiele einige Spiele.

Bist du krank geworden, so du manches Mal gar keine Tablette brauchst, etwas mehr Bettruhe auch schon helfen kann.

Viele Vögel im Wald Laute von sich geben, aber die Artenvielfalt mit Namen zu erkennen, nur Vogelliebhaber oder Förster möglich ist.

Schrecklich ist, wenn gleich mehrere Angehörige bei einem Unfall ums Leben kommen.

Was ist mit Geist, dies gar mal von einem großen Denker stammen muss.

Fängst du ein Rebhuhn im Wald, so du es wohl willst braten und essen.

Was ist dir gegenwärtig, dass halte ruhig fest mit einem Fotoapparat.

Was ist nicht mit Lügen entstanden, das eben später nicht rezensiert werden braucht.

Was ist nicht mit Lügen entstanden, das eben nicht steht auf „zu kurzen Beinen".

Guckst du in den Spiegel und schon eine Falte im Gesicht entdeckst, du wohl schon bist Ende der Fünfzig.

Viele Briefmarken es in der Welt gibt, aber nur wenige werden gesammelt und gesteckt in ein Album.

Machst du etwas mit Hammer und Nagel, so du eben willst etwas befestigen.

Sind die Wände zu durchlässig für Lärm, so dies man gar nicht kann beseitigen, die Mieter nur mehr Rücksicht aufeinander nehmen müssen.

Ist die Toilette nicht in der Wohnung, sondern auf dem Hof, so aber der Weg zur Toilette weiter ist und dazu im Winter noch bitterkalt.

Der Amazonas der längste Fluss der Erde ist, durch viele Länder er fließt, einige Klima- und Vegetationszonen er durchfließt, um schließlich im Ozean zu münden.

Ist es nicht grässlich anzusehen, wenn Männer sich gegenseitig verprügeln, nur um habhaft einer Beute zu werden?

Wenn sich Tiere in „die Hörner" kriegen, um höher in der Rangordnung zu stehen, dann können die restlichen Tiere nur zuschauen.

Geht dir etwas auf die Nerven, so es leicht zu einem Nervenzusammenbruch kommen kann.

Ist nicht wunderbar diese Erde, wenn aus einem kleinen Spalt die Quelle aller unserer Flüsse entsteht.

Bist du noch „bei Sinnen", so möge dein Verstand über wichtige Dinge des Alltags entscheiden.

Heuschrecken nicht nur gut hüpfen können, sie sind auch gute Flieger, um zu beschaffen Nahrung oder zu holen Baumaterial für ihr Nest.

Guckst du mit langer Brennweite, du wohl hast ein Fernrohr vor den Augen.

Gehst du auf Krücken durch die Straßen, so du meistens auch schief über die Dinge des Lebens denkst.

Manche sind im Kreuzworträtsel lösen schon wahre kleine Genies geworden.

Wenn man ist mit sich alleine, man meistens nur hat dumme Gedanken.

Willst du die Welt erobern, so kaufe dir am besten ein Wohnmobil.

Machst du einen Schritt nach dem anderen, du wohl bist beim Tanzen.

Trinkst du ein Bierchen, so es sicherlich schmackhaft schmeckt und du weiteren Bierchen nicht widerstehen kannst.

Was ist von Erbsengröße, auch deine Fingerkuppen sind.

Weil du das Auto so schnell beschleunigst, der Autolärm immer größer wird und du in einen kleinen Geschwindigkeitsrausch verfällst.

Wie es weitergehen soll mit dem Hausbau, meisten nur weiß der Bauleiter.

Was in der abendlichen Familienunterhaltung nicht fehlen darf, sind ein gutes Fernsehprogramm und einige Tüten Chips zum Knabbern.

Ist dir etwas egal, so schiebe es beiseite oder räume es weg.

Hast braune Hautfarbe von deinem Sonnenbaden angenommen, so du aussiehst, als seist du Mitteleuropäer oder einer aus dem asiatischen Raum.

Bei Wehmütigkeit manchen die Tränen kommen.

In einigen Städten unseres Landes die Gründer der Stadt als Plastik-, Gips- oder Steinfigur vor einem Denkmalgebäude steht.

Ist der Weizen gut gewachsen, so das Brot gut schmeckt und günstig zu kaufen ist.

Ist der Artenreichtum gut in den Gewässern unseres Landes, so es ihn in guter Qualität auf den Ladentischen zu erwerben gibt.

Viel Fett ist an dem Eisbeinfleisch, mit etwas Mostrich bestrichen es aber verdaulich gegessen werden kann.

Was ist von Güte, meistens auch hat einen fairen Preis.

Willst du mit jemandem kommunizieren, du nicht einmal einen Computer brauchst, ein günstiges Handy es auch schon tut.

Was ist ohne Einschränkungen, dies es auch gibt zu erwerben.

Erlebst du einen Flop in deinem Leben, so du hast schon wieder eine Chance verpasst.

Was ist Nonsens, dies meistens ist totaler Quatsch.

Was steht in den Geschichtsbüchern, dies meistens nur wenige Wissenschaftler können überblicken.

Machst du einen Scherz, so du dich noch mehr freust, wenn darüber jemand lacht.

Lachen ist gesund, aber ein lebensfreundliches Leben zu führen, ist noch gesünder.

Hast du alleine die Altlasten zu tragen, so du auch dafür sorgen musst, dass diese verschrottet werden.

Ist etwas mit Schaden bei dir, so besorge dir einen Handwerker, der den Schaden beseitigt.

Fäkalien nicht in den Müll gehören, es könnte sonst kommen zu Umweltbelastungen.

Hast du beim Fußballspiel eine rote Karte bekommen, so du eben im nächsten Spiel musst zuschauen.

Streitigkeiten man meistens nur schlichten kann, wenn sich alle Beteiligten einig werden.

Was einem Embargo folgen kann, ist manchmal ein Krieg beider Seiten.

Kaust du einen Kaugummi, so entsorge diesen vorschriftsmäßig, spucke ihn also nicht so einfach aus.

Um Gleiches mit Gleichem zu deuten, nur verglichen werden muss.

Was ist mit viel Fleiß hergestellt, das hat einen höheren Preis.

Konjunktionen im Deutschunterricht schwer zu erlernen sind, darum fange an mit Artikeln und Attributen.

Ein Dolmetscher in Rage ist, wenn er mal hat eine Wortübersetzung vergessen, er braucht nur nachzuschauen im Wörterbuch.

Wenn du bist von dieser Erde, du viele Länder mögest kennenlernen.

Aus Prinzip etwas zu tun nur dann, wenn sich nicht allzu viele Hürden auftun.

Bist du manchmal etwas faul, so du alles kannst sein lassen, um am nächsten Tag wieder fleißig zu sein.

Ärzte sind auch nur Menschen, man eben kann nicht alle Krankheiten heilen, manchmal aber schon hilft eine Wundermedizin.

Hast du die Schule gut abgeschlossen, so du aber kannst deinen Berufswunsch erfüllen.

Wenn du bist nicht ganz frei, du wohl sitzt im Gefängnis.

Bist du wie ein Edelmann, du wohl viele Schmuckstücke dein Eigen nennst.

Weil du bist des Verrats für schuldig gesprochen, du jetzt sitzt im Rabenturm.

Die Polizei eilt herbei und schon ist gefasst der Gangster.

Weil du sitzt auf der Anklagebank, hat man dich des Diebstahls für schuldig gesprochen.

Weil du bist wie ein Patrizier, lebst du wie im alten Rom.

Weil du so viel Geld auf der Bank hast, du dir alles kannst leisten und lebst in Saus und Braus.

Weil dein Haus hat einen Erker, kannst du den Sonnenschein voll genießen.

Was ist fragwürdig, ist, wenn die wahren Tatsachen erst noch gefunden werden müssen.

Eiligkeit nicht vor Wachsamkeit schützt.

Eitelkeit ziemt sich nur dann, wenn man sich es leisten kann.

Streifst du durch den Wald, so passe auf, dass du nicht in eine Tierfalle trittst.

Geht die Polizei auf Streife, so alles genau beobachtet wird und Unzulänglichkeiten angezeigt werden.

Wenn du bist ein Dichter, dir das Dichten angeboren ist.

Wenn etwas ist unzulänglich, es noch einmal hergestellt werden muss.

Wenn etwas ist ungenau, es noch einmal präzise hergestellt werden muss.

Bist du ein alter Sänger, du schon hast über 1.000 Lieder eingespielt.

Wenn du bist ein alter Popstar, du immer noch wie in der Jugend die Bühne rockst.

Wenn du bist ein alter Popstar, dir immer noch neue Lieder einfallen.

Was ist mit „gutem Gewissen" hergestellt, du ruhig kannst verkaufen.

Ist die Jugend vorbei und du schon hast einige Falten im Gesicht, du immer noch die gleiche Frau liebst.

Was ist ein Evergreen, dies schon hat begeistert Millionen von Zuschauern.

Herrscht das Böse über dem Guten, so kann es schon Krieg bedeuten.

Wenn du bist mit dir einig, so du jeden Abend einen Schluck aus der Schnapsflasche zu dir nehmen musst.

Bist du sehr sensibel, so du eben bei manchen Dingen sehr empfindlich bist.

Was dir ist angeboren, dies dir keiner kann nehmen.

Weil du Angst hast, in den kalten See zu springen, so du lieber nimmst ein warmes Bad in der Badewanne.

Weil du Angst hast vor Kreuzottern und Spinnen, gehst du niemals in den Wald spazieren.

Hat das Straßenverkehrsnetz eine Umleitung, so du eher fahren musst in einem Bogen um die Unfallstelle.

Wer ist gut hörig, der meistens auch etwas mehr sieht.

Hast du größere Ohren als deine Mitmenschen, so du manchmal nur das Gekrabbel der Insekten hörst.

Ein Affe nicht nur schälen kann die Banane, er auch kann mit einem Stein aufhämmern die Schalen der Nüsse.

Was dir ist zuvorkommend, dies genieße du ruhig.

Trinkst du einen Schluck aus der Schnapsflasche, so du dir vorkommen kannst, als seist du neu geboren.

Ein Allheilmittel immer wieder ist, zu trinken gleich auf einmal eine ganze Weinflasche.

Ist die Katze vom Hof verschwunden, alle Bewohner des Gutes traurig sind.

Wenn du bist ein Millionär, so du gleich mehrere tolle Autos besitzt.

Lebst du in einem Herzogtum, du dem Herzog musst dienen, um etwas Geld zu verdienen.

Bringt dich eine Jacke zur Weißglut, so du versuchen musst, die Ursache auszuglühen.

Ist eine Kuh im Stall krank, so sie keine Milch mehr geben kann.

Isst du gern scharfes Essen, so vergiss nicht, Mostrich, Paprika und Pfeffer beim Einkauf zu besorgen.

Sehr vital du weiter kannst, wenn du einmal in der Woche reitest auf einem Esel.

Sind die meisten Vögel in ihr Winterquartier abgeflogen, so nur noch wenige Vogellaute auf den Bäumen zu hören sind.

Ist vieles für Rollstuhlfahrer schon barrierefrei, so richte deine Mäuschenfallen ein.

Wenn man beim Küssen einer Geliebten auf den süßen Geschmack gekommen ist, so man öfters von seiner Geliebten verwöhnt werden möchte.

Zu einigen Kometen es die Raumfahrt schon mit Satelliten hat geschafft, so man vorhat, weitere Kometen und Planeten zu umfliegen.

Was die Zukunft so alles bringt, dies keiner weiß, ob dies eine Fehlstelle in unserem menschlichen Denken ist, kann man nur annehmen.

Haben deine Lieder die ganze Welt begeistert, du schon damit sehr viel Geld hast verdient.

Bist du ein Filou, so du hast die Enten im Dorfteich drei Mal am Tag gefüttert.

Bist du bankrott mit deinem Geschäft, so bleibt dir nur noch der Ausverkauf.

Weil du bist sehr ängstlich beim Straßenverkehr, du jeden Tag zur Arbeit läufst.

Weil du bist wie ein Wurm im Käse, du keine Frau und Freunde hast.

Weil du bist sehr angeberisch, deine Mitmenschen dich verhöhnen.

Stellst du mit deinem Brief alles auf den Kopf, so brauchst du dich nicht wundern, dass deine Freundin dich verlassen hat.

Bist du voller Sorgen um deine Familie, so schlage eine Aussprache am Wochenende vor.

Hast du gerne Zärtlichkeiten, so besorge dir eben eine Frau.

Ist deine Ernte auf dem Feld nicht mehr erträglich genug, so du eben schließen musst den Bauernhof.

Bist du als Förster recht erstaunt, dann du gesehen hast, wie ein Eichhörnchen sich rückwärts hat bewegt.

Weil du bist wie ein Krauskopf, du hast eine wuschelige Haarfrisur.

Guckst du bis weit nach Mitternacht immer noch Fernsehen, so du dich nicht wundern brauchst, dass du am Morgen bist nicht richtig ausgeschlafen.

Nicht jeder Magnet etwas anzieht, manche Magneten auch abstoßen.

Was du rufst in den Wald hinein, manchmal durch den Schall wieder zurückgeworfen wird.

Hast du einmal eine Tropfsteinhöhle besucht, so du seltsame Stalaktiten und auch Fledermäuse hast gesehen.

Was ist eisern, dies nur schwer zu zerbrechen ist.

Hast du viel Wagemut, so springst du vom 10-Meter-Brett ins Schwimmbecken.

Was ist sehr genau, ist deine Uhr, die auf die Sekunde genau dir die Uhrzeit ansagen kann.

Schmuggelst du etwas über die Grenze, so dir der Zoll einen Strich durch die Rechnung machen kann.

Was ist übel, nichts mit Übelkeit zu tun haben muss.

Bist du sehr frech, so du den Mülleimer immer in die falsche Tonne leerst.

Tiere nicht nur verstehen können die menschliche Sprache, sie eben können auf einen Ruf von Menschen bestimmte Übungen ausführen.

Katzen sehr beachtliche Stellungen einnehmen können, über die Herrchen nur staunen kann.

Ist die Krankheit erst einmal auf dem Vormarsch, nur noch der Rat eines Arztes helfen kann.

Machst du einen Flipflop auf der Turnhallenmatte, so du hast sicherlich noch ein Kunststück parat.

Ein Augenzwinkern von einem Mädchen der Anfang einer große Liebe sein kann.

Nicht nur Tiere können wild sein, manchmal auch die Motorradflitzer.

Weil du auffallen willst, du zwei verschieden farbige Socken trägst.

Wenn alles so kunterbunt ist, dies meist bei einem Rummel ist.

Hast du plötzlich ein Rumoren im Bauch, du wohl musst auf die Toilette.

Weil du bist sehr knorrig, du wohl schnarchst während des Schlafens.

Hast du gern blauen Himmel und Sonnenschein, du Regen, Blitz und Donner schneller überstehst.

Hast du den Gegner beim Fußballspiel zu hart gefoult, du nicht nur fliegst vom Platz, auch einige Beleidigungen du dir anhören musst.

Schießt der Torwart für seine Mannschaft ein Tor, so dies nur selten vorkommt und vom Torwart und der Mannschaft nie im Leben wird vergessen.

Isst du gerne eine Schokolade, dies nicht nur wegen des Geschmacks, sondern auch wegen der den Körper kräftigenden Süßstoffe.

Was ist zu hart, nicht unbedingt Eisen sein muss.

Spendest du für den guten Zweck, so du dich gleich leichter fühlst.

Ist in Afrika das Analphabetentum auch groß, die Afrikaner sich können gut verständigen.

Was ist heiter, dies auch meist ist zum Lachen.

Weil die Begierde ist sehr groß, dir es nichts ausmacht, dich hinten an der Schlange der Bratwurstbude anzustellen.

Was ist tonnenschwer, das eben nur von großen Kränen gehoben werden kann.

Was ist tonnenschwer, das eben nur von Sattelschleppern transportiert werden kann.

Was ist leicht wie eine Fliege, das deine Fingernägel sind.

Bist du ein schwerer Junge, so du sicherlich hast schon mal etwas gestohlen.

Bist du ein schwerer Junge, du sicherlich schon hast mal geklaut.

Bist du ein schwerer Junge, so du sicherlich schon mal warst im Knast.

Bist du ein schwerer Junge, du sicherlich schon mal hast einen Automaten aufgeknackt.

Bist du ein schwerer Junge, du sicherlich schon mal hast ein Auto gestohlen.

Bist du ein schwerer Junge, so du hast sicherlich schon mal mehreren Mädchen „den Hof" gemacht.

Bist du ein schwerer Junge, so du hast sicherlich schon mehrere Mädchen verführt.

Bist du ein schwerer Junge, so du sicherlich jedes neue Jahr ein neues geklautes Fahrrad fährst.

Bist du ein schwerer Junge, so du jedes Mal aus dem Kaufhaus einige Dinge mitgehen lässt.

Bist du gut gekleidet, so du im nächsten Augenblick dreckige Wäsche anhaben kannst.

Willst du mal bestaunen Tiere aus vielen Ländern, so geh in einen Zoo oder Tierpark, es wird dein Herz erfreuen, die unterschiedlichsten Tiere zu beobachten.

Was ist erzürnt, dies ein Streit sein kann, der sich aber bald hat aufgeklärt.

Was ist sanftmütig, das die Mutter zu ihrem Baby ist, damit sanft ruht das Kleinkind.

Wie es dazu kommen konnte, dass es immer wieder gibt Konflikte und Kriege zwischen den Ländern dieser Erde, das weiß die Geschichtsforschung zu berichten.

Was auf einmal nicht mehr gut genug ist für den täglichen Gebrauch, das eben wandert in den Müll.

Bist du ein Angsthase, so du hast bei jedem Hund Angst, dass er dich beißt.

Was ist aussortiert, können auch sein Sportler, die sind schon über 30 Jahre alt.

Drehst du jeden Euro dreimal um, bevor du ihn ausgibst, so kaufe du ruhig nur billiges Zeug.

Was ist kriminell, auch sein können deine Jalousien am Fenster, das dir Schutz bietet vor lästiger Sonnenstrahlung.

Hast du genug gekauft, so du beruhigt das Wochenende kannst anfangen.

Bist du in der Stadt und bekommst Hunger, so stelle dich beim Fleischer an und schon ist gestillt dein Hunger.

Gehst du zum Bahnhof und weißt nicht die Uhrzeit, wann fährt ab dein Zug, so es sein kann, dass du stundenlang musst warten.

Wenn du bist ein Bürger dieser Erde, willst du natürlich wissen, wie sich dreht diese Erde.

Rassenwahn immer noch ist ein Phänomen des Monopolkapitalismus.

Ist der Zirkus erstmals in der Stadt, dann wollen die Bürger Spaß haben beim Fahren der Karusselle.

Was ist verbürgt, dies meistens ist hinterlegt.

Der Kapitalismus schreckliche Seiten hat, Kriege und Verwüstungen uns immer wieder halten in Atem.

Ist das Schwimmbad erst einmal geöffnet, so Groß und Klein herbeikommen, um zu springen in die Fluten.

Weil du bist voller Angst, du dich hast mit einer Pistole ausgerüstet.

Ist nach 90 Minuten das Pokalfußballspiel noch nicht entschieden, das verspricht Spannung und laute Stimmung in der Verlängerung.

Wenn du bist ein Pappenheimer, du Bier nur aus Pappbecher trinkst.

Willst du mehr erfahren über die Kreisläufe dieser Erde, so schlage mal nach in schlauen Büchern.

Hast du YouTube auf deinem Computer angeklickt, du dir noch mehr Spannung versprichst.

Ist ein Land im Embargo zu einem anderen Land, es nicht lange dauert und es ist Krieg.

Weil du bist so kleinlich, du dauernd ein paar Euro zählst, um zu wissen, was du noch ausgeben kannst.

Kunstfertigkeit schützt vor Übertreibung nicht.

Bist du sehr betrunken, so es scheint, als würde die Welt sich um dich drehen.

Lagen auf deinem Lebensweg sehr viele Stolpersteine, so du bist öfters ins Grübeln verfallen.

Was ist verfallen, das eben muss wieder aufgebaut werden.

Guckst du etwas im Zeitraffer, so du einen guten Trick kannst verfolgen.

Wer ist sehr emsig, der wenigstens wie eine Ziege ist, die ein wenig Milch abgibt.

Sammelst du etwas, so du auf einmal nicht mehr weißt, wohin damit.

Ist etwas dogmatisch, so es manchmal schon diktatorisch sein kann.

Bist du dem Ende sehr nah, so du sicherlich den Anfang schon hast vergessen.

Wenn ist etwas schon zu alt, so es bald rostet.

Hast du ein Poesiealbum, so du in die schönsten Erinnerungen kannst schweifen.

Was ist nicht gut genug, noch einmal gestaltet werden muss.

Die meisten Diktaturen des vergangenen Jahrhunderts zu Demokratien wurden.

Guckst du einen Fantasyfilm am Abend, so du behutsamer einschläfst.

Wo ist eine Straße gesperrt, dort du eben musst einen Umweg fahren.

Was ist auseinandergebrochen, das manchmal wieder instandgesetzt werden kann.

Was ist ärgerlich, dies eben zum Problem erklärt werden kann.

Bei manchen Autofahrern man annehmen könnte, sie würden mit Scheuklappen fahren.

Bis zum Mittelalter es dauerte, bis man wusste, wo die Länder dieser Erde sich befinden.

Wer gut kennt die Mathematik, der meist auch gut ist im Kopfrechnen.

Was so alles zum guten Anstand gehört, auch das Grüßen auf der Straße ist.

Weil du immer hast beleidigt die Nachbarn, diese nun ausgezogen sind und ob es den neuen Nachbarn besser geht, dies sei dahin gestellt.

Triffst du einen alten Schulfreund wieder, die Freude riesengroß ist.

Weil du bist wie Halunke, du noch nie dem Kellner deiner Kneipe hast ein Trinkgeld gegeben.

Man auch als Autofahrer auf die Fußgänger achtgeben sollte, besonders wenn diese wollen überqueren die Straße.

Nutzlosigkeit meistens mit Tatenlosigkeit verglichen werden kann.

In mancher Suppe ist nicht immer genügend Speck vorhanden, sodass die Suppe viel zu lasch schmeckt.

Was ausmacht einen guten Erdenbürger, ist, dass er besitzt genügend Kleidung und Schuhe.

Was du nicht kannst vertreten, darum kämpfe auch nie.

Waghalsigkeit meistens vor einem Blitzgedanken kommt.

Bist du flink wie ein Fink, du fast jeden Sportwettkampf gewinnst.

Bist du emsig bei der Arbeit, du dich schon auf deine Freizeit kannst freuen.

Ist etwas mit Ha-li-la-hu, wohl ein Musikantentreffen angesagt ist.

Geht etwas beschleunigt vonstatten, du wohl gerade auf deinem Moped sitzt.

Sind die Engel erst mal frei, du dich ganz deinen Wünschen widmen kannst.

Ist etwas überholt, so es erneuert werden muss.

Wenn du bist ein rechtschaffener Mensch, du über alle Dinge dein Urteil sprichst.

Hast du mal gelogen, so biege die Sache wieder ordentlich hin.

Stehst du als Torwart im Fußballtor, du dich immer freust, wenn deine Mannschaft hat zu Null gespielt.

Handball auch ist sportlicher Wettkampf, musst du doch zeigen, wie gut dein Körper sich hoch winden kann zum Ballwurf.

Was du nicht kannst ertragen, ist, zu wenig geschlafen zu haben.

Ist etwas entzwei, so versuche doch einmal, es zusammenzukleben.

Das Getreide in der Mühle wird gemahlen, aber der Kaffee im Automaten gar gekocht.

Bist du ein Gelehrter der Astronomie, du natürlich auch kennst die Sagen und Mythen der einzelnen Sternbilder.

Bist du Professor und lehrst an der Schule, so du nicht nur kennst Spezialwissen, sondern kannst einen großen Wissensumfang vermitteln.

An den Schulen nicht nur Wissen angesagt ist, sondern ein vielfältiges sportliches Können gefördert wird.

Bist du in der Berufsausbildung, so du lernst die großen und kleinen Fertigkeiten für deinen späteren Beruf.

Ein Krimi oder ein spannendes Fußballspiel am Abend im Fernsehen angeschaut und schon du ruhig kannst einschlafen.

Meistens so viele Fliegen im Wohnzimmer sind, dass man sie nicht alle mit einer Fliegenklatsche kann totschlagen.

Riechst du nach Schweiß, du dringend ein Wasserbad brauchst.

Was sein kann ungeheuerlich, sind die Geschichten, die dein Freund dir immer zu erzählen weiß.

Hast du vergessen, das Frühstücksbrot mit zur Arbeit zu nehmen, so dir nur der Weg zur Kantine bleibt.

Sind Personen vom Papst selig oder heilig gesprochen worden, so man sie kennt in aller Welt.

Wenn du glaubst an Gott und seine Geschichten, so du dir leisten kannst eine Pilgerfahrt ins Heilige Land.

Was ist zu arm, dies eben ist meistens unzulänglich.

Was ist zu arm, dies eben ist nicht ausreichend.

Was ist zu arm, dies viele Bürger gar nicht mitbekommen.

Was ist zu arm, dies jeden treffen kann.

Bist du wie ein Stier mit Hörnern, du vieles willst mit Gewalt erreichen.

Was ist arglos, dies mehr Beachtung finden müsste.

Was ist arglos, wenn etwas einfach so beiseite geschoben wird.

Hat eine Sportmannschaft viele Fans, so sie meistens in den oberen Ligen spielt.

Hat eine Sportmannschaft immer ein großes Publikum, so sie hat auch ein großes Stadion.

Wird beim Rugby einem ein Bein stellt, so es auch gepfiffen wird, aber beherzter Oberkörpereinsatz erlaubt ist.

Manche Politesse auch notfalls kann bedienen das Flugzeug wie der Pilot.

Hast du ein Schnäppchen gekauft auf dem Markt, so erfreue dich an dem ersparten Geld.

Willst du vor Ärger versinken tief im Boden, so schaue lieber den Vögeln zu, wie sie so frei fliegen, und vergiss dabei deine Sorgen.

Wenn etwas ist unreell, so es meistens nicht der Wahrheit entspricht.

Was ist unreell, daran gefeilt werden muss, bis es ist weg.

Was ist alt, das man selber an Lebensjahren sein kann.

Was ist alt, manche schon mit Kriegsstöcken laufen.

Was ist alt, für manche schon kurz vor dem Sterben ist.

Wer ist sehr einfühlsam, den man besonders lieb haben muss.

Auch einfühlsam ist, wenn sich das Ehepaar ein Leben lang liebt.

Einfühlsam auch ist, sich in fremder Gegend mit eigenen Bräuchen und Sitten richtig einzuordnen.

Was man hegt, das man auch meistens pflegt.

Ist der Zorn erst mal im Gange, es zu einem heftigen Streit auszuarten droht.

Stehst du „Gewehr" beim Manne, du eben bis Soldat oder Förster.

Hat die Polizei erst mal mit der Verkehrskontrolle begonnen, so bald die ersten Sünder zur Kassa gebeten werden.

Waldläufig die meisten Wildtiere sind.

Ist die Flussfahrt auch noch so lang, irgendwo es einen Strand gibt, an dem man kann baden.

Wenn du bist ein kleiner Schmarotzer, du lange bei Mutter und Vater dein Essen einnimmst und nachts auch noch dort schläfst.

Ist dir die Musik im Radio zu langweilig, so nimm selber ein Instrument und versuche, darauf belebend und voller Können zu spielen.

Was ist entgratet, auch dein Charakter sein kann.

Was ist verkantet, auch ein Vorkommnis aus deinem Leben sein kann.

Wenn du jemandem Gewalt antust, so brauchst du dich nicht zu wundern, dass er mit Gewalt zurückschlägt.

Versäumst du, etwas im Leben nicht getan zu haben, so es ist im Alter schon zu spät.

Hast du etwas gewagt, so man dir nur viel Glück wünschen kann.

Sagst du einem Freund auf Nimmerwiedersehen, so dies sicherlich bei einer Beerdigung ist geschehen.

Wenn man ist voller Ärger, so dies bald in Zorn und Tränen ausartet.

Ist etwas nicht gut genug, so es beim nächsten Mal besser gemacht werden muss.

Wenn man ist mit sich selbst, man eben kein Mitleid mehr braucht.

Ist etwas hohl, so man vielleicht dort hineinkriechen kann.

Wenn man ist mit sich selbst, so man ruhig anfangen kann, sich schöne Gedanken zu machen.

Wenn man ist mit sich selbst, so mancher anfängt, etwas Schönes zu träumen.

Trinkst du einige Schlucke Baldrian, so meistens deine Schmerzen von dir gehen.

Wenn du bist mit dir allein, so du dich noch mehr freust, wenn klopfen einige Freunde an deine Tür.

Was ist korrekt, dies eben nicht muss korrigiert werden.

Bist du ein Befehlshaber, so du eben viele oder einige Soldaten kommandierst.

Ist dir in einem Labor bei der Bestandsprobe ein Fehler unterlaufen, so dies unausweichliche Folgen haben kann.

Wenn du bist ein Neonazi, so du nicht nur den 2. Weltkrieg leugnest, sondern auch den Holocaust und nicht anerkennst das jüdische Volk, was dir einbringen kann viel Verderben bei der Bevölkerung.

Ein falsch geparktes Auto nicht gleich abgeschleppt werden muss, ein Verwarnzettel auch schon reicht.

Wenn die Mutter hat einen Säugling, so sie diesen muss regelmäßig versorgen mit Milch.

Trinkst du ein Glas Tee oder Milch, so es manchmal stärkt dein Gemüt.

Was du so alles sammeln kannst, auch Streichhölzer oder Zigarettenschachteln sein können, obwohl dich mancher Außenstehender bei solch einer Sammelleidenschaft dumm anguckt.

Bei manchem „Paradiesvogel" vielen bloß bleibt ein besorgnisvolles Kopfschütteln.

Was so alles kann umkehren, auch ein Lebensabschnitt sein kann.

Was man so alles kann umkippen, so fast alle Dinge, die man so braucht im täglichen Leben, sein können.

Schweigen nicht immer die beste Lösung in deinem Alltag ist, manchmal solltest du den Mund etwas voller nehmen.

Was ist verblüffend, dies meistens einzigartig ist.

Was ist interessant, dies zu einer Sucht ausarten kann.

Was ist interessant, dies meistens von vielen bestaunt wird.

Pilze sollte man nur essen, wenn man ist ein Pilzexperte.

Was so manches so ungiftig macht, das von Einzelnen auf mehrere übertragen werden kann.

Was so manches giftig macht, mit einer schlechten Stimmung beginnen kann.

Schreibst du einen Brief in Schönschrift, dieser wohl für deine Geliebte ist.

Kommst du schon mit Schrecken nach Hause, dieser noch größer werden kann, wenn du siehst, wie unaufgeräumt deine Wohnung ist.

Kommst du schon mit Schrecken nach Hause, dieser noch größer werden kann, wenn du merkst, dass ein Familienmitglied ist krank.

Kommst du schon mit Schrecken nach Hause, dieser noch größer werden kann, wenn Katze oder Hund sind krank.

Bist du wie eine Fee, du alles zum Besten löst.

Bist du sehr überrascht, du es bist, wenn nach dem Regen plötzlich wieder heller Sonnenschein ist.

Siehst du den Regenbogen am Himmel, du dich schon auf einige Tage schönes Wetter freuen kannst.

Bist du im hohen Alter und du bald stirbst, so verabschiede dich von deinen Freunden und glaub weiterhin an Gottes Segen.

Ist etwas zermürbend, es ein Familienstreit kann sein.

Ist etwas zermürbend, es ein Dauerlauf gewesen sein kann.

Ist etwas zermürbend, es ein Krieg oder Konflikt zwischen zwei Ländern sein kann.

Was ist ohne Ende, einen Anfang gehabt haben kann.

Ist etwas mit sehr viel Spuk, es ein Spaziergang durch den tiefen Wald sein kann.

Ist etwas mit sehr viel Spuk, es eine Achterbahnfahrt auf dem Rummel gewesen sein kann.

Ist etwas mit sehr viel Zorn, es mit einem harmlosen Streit angefangen haben kann.

Wenn du bist ein reicher Mann, so du sicherlich hast mehrere Verehrerinnen.

Guckst du dir gerne etwas an, so du wohl öfters gehst ins Kino.

Ist etwas sehr schlüpfrig, es ein Loch im Hühnerstall sein kann.

Der Kreuzbube im Kartenspiel alles kann entscheiden.

Bist du sehr treffsicher, so du noch einen Elfmeter im Fußballspiel hast verschossen.

Bist du ein guter Fußballspieler, du sicherlich hast schon mal die Torschützenliste angeführt.

Wenn du bist ein Bayer, so du sicherlich schon einige Biere auf dem Oktoberfest hast getrunken.

Werden Hieroglyphen entschlüsselt, dies nur die besten Wissenschaftler können.

Wenn etwas ist abartig, es umso sonderbarer ist.

Wenn du bist bei guter Laune, so sie sich manchmal auf andere Mitmenschen überträgt.

Wenn ist etwas abartig, so in der Vergangenheit nach den Gründen der Abartigkeit geforscht werden muss.

Wenn ist etwas abartig, so es meistens in einen neuen Zustand ist gelangt.

Hat dich die Krankheit Schizophrenie befallen, so du meist wirst Rentner.

Wenn ist etwas abartig, so es meistens ist in altem Zustand.

Im Tierreich Abartigkeit fast bei jeder Tierordnung ist.

Man kann die Tiere dieser Welt nicht zählen, aber beim Menschen man ungefähr eine Zahl angeben kann.

Kommen die Arbeiter mit einem Rucksack zur Arbeit, so es sich bestimmt um eine Hau-Ruck-Aktion handelt.

Wenn etwas ist unerlässlich, so es auf jeden Fall ausgeführt werden muss.

Die ersten Flugmaschinen nur einige hundert Meter sind geflogen, aber es war ein großes Satz in der Geschichte der Flugmaschinen.

Was ist verkehrt, das erst einmal richtiggestellt werden muss.

Was ist verkehrt, das auch auf falschen Grundlagen basieren kann.

Was ist verkehrt, das manchmal auch erst überholt werden muss.

Was ist verkehrt, dort manchmal auch Experten zu Rate gezogen werden müssen.

Was ist verkehrt, das auch aus einer „anderen Welt" stammen kann.

Was ist verkehrt, dies viele Probleme bereiten kann.

Was ist verkehrt, dessen Lösung schnell sein muss.

Was ist verkehrt, dort alles auf den „Kopf gestellt" zu sein scheint.

Was ist verkehrt, dort manchmal viele Experten zu Rate gezogen werden müssen.

Verkostest du ein Essen, so hoffst du, dass es vorzüglich schmeckt.

Was dir ist gut gelungen, dies versuche ruhig noch einmal.

Knabberst du am letzten Stück Brot, so du bald wirst Hunger erleiden.

Passen dir nicht die Schuhe, so du eben musst neue ausprobieren.

Ist etwas günstig im Laden zu haben, so besorge dir etwas Geld und kaufe es.

Was ist mit Eile, ist mit Weile.

Wenn du bist erregt, du um fremde Hilfe gebeten hast.

Wenn du bist erregt, dir die Nerven fast durchgegangen sind.

Wenn du bist erregt, dein Puls in die Höhe gestiegen ist.

Je man wird, umso mehr Erfahrungen bei der Bewältigung des Alltags man hat.

Wenn du bist wie ein Vielfraß, du das Doppelte von deinen Mitbürgern isst.

Gehst du gerne in die Kneipe, weil dort in dieser intimen Atmosphäre das Bier so gut schmeckt.

Wenn du bist ein Angeber, du immer im Shop zu viel Trinkgeld dem Verkäufer gibst.

Hast du nicht nur einen Trinkspruch parat, so du eben bei der Stammtischrunde kannst wählen.

Was ist gut zu genießen, das du eben gerne zu dir nimmst.

Hat sich etwas in Luft aufgelöst, dies auch deine gute Laune kann sein.

Hast du einen Hund zu Hause, dieser sich auf jeden Spaziergang mit dir freut.

Willst du mal im Hochsprung über 2 Meter springen, so du eben musst jeden Tag trainieren.

Hat ein Wellensittich erst mal dein Vertrauen gewonnen, so er bald einige Worte der menschlichen Sprache kann von sich geben.

Ist die Feuerwehr erst mal ausgerückt, sie schnell ist am Brandort und löscht das Feuer.

Was ist unzugänglich, dessen Zugang manchmal sogar gesperrt werden muss.

Was ist unzugänglich, manchmal freigeschaufelt werden muss.

Was ist unzugänglich, dorthin man eben nicht kann gelangen.

Was ist unzugänglich, dort erst einmal Experten beraten müssen, wie man zu dem Ort kann gelangen.

Bist du wie eine Majestät, so immer viele Menschen um dich sind.

Machst du den ersten Gang in den Kindergarten, so du bist noch in Begleitung von Mutter oder Vater.

Willst du etwas schnell beseitigen, so nimm eine große Gartenschaufel.

Glitzert etwas so schön in der Sonne, so es auch dein Ehering oder deine Haarspange sein kann.

Bist du von einem Vorgang vollauf begeistert, so versuche ruhig, in Büchern über diese Begebenheit mehr zu erfahren, oder versuche, es durch Tipps von Menschen richtig zu deuten.

Hast du keine Toilettenspülung, so gieße ab und zu einen Eimer Wasser hinterher.

Über die Friesen oftmals wird gelacht, obwohl die Witze bei den Friesen oftmals nur Spinnerei und frei erfunden sind.

Wenn du bist ausgezeichnet worden, so du dich kannst geehrt fühlen.

Wenn du bist kein Spielverderber, so du mit deinen Freunden spielst.

So wie du dich entspannst, so du „alle Viere" kannst hochlegen.

Was ist mit Sorge, auch viel Ärger mit sich bringen kann.

Was ist unerlässlich, das eben getan werden muss.

Was ist mit Sorgfalt hergestellt, das eben hat eine gute Qualität.

Was hat eine gute Qualität, das meistens ist etwas teurer.

Bist du um ein Jahr älter geworden, so du mit etwas Prunk und Glimmer kannst feiern deinen Geburtstag.

Was ist alarmierend, auf das besonders geachtet werden muss.

Gehst du erstmals als Matrose aufs Schiff, so du viele Länder kannst kennenlernen.

Wenn etwas ist nicht human, so es ruhig missachtet werden kann.

Falls du jemanden hast beleidigt, so du auf die schlechte Antwort nicht lange brauchst warten.

Wenn ist etwas instabil, so es leicht kann zusammenbrechen.

Ist etwas instabil, sicherlich weil der innere Zusammenhalt fehlt.

Wenn du etwas hast gerne, so gönne dir dies öfters.

Was ist besänftigend, das schon ist gut gelöst.

Bist du ein schlauer Bub, so du alle Probleme des Alltags zur Zufriedenheit löst.

Was dir gibt Rätsel auf, schlage ruhig mal in schlauen Büchern nach.

Bist du ein guter Sportler, so du sicherlich hast deine Vorbilder.

Alles, was ist gut, das meistens auch ist rechtens.

Hast du ein Kunstwerk zu Hause, so zeige es ruhig nicht nur deinen Freunden, es könnte dir mal einbringen sehr viel Geld.

Was ist gut geordnet, man alles auch gut wiederfinden kann.

Bist du des Lobes, so du dich rühmen kannst, zu sein ein kleiner Held.

Aller Anfang ist schwer, aber das Ende meist noch schwerer ist.

Wenn du Ausschau hältst nach einem Mädchen für dich, so du manchmal nur noch mehr musst zur Schau stellen.

Die Dinge des Alltags einem zu schaffen machen können, überkommen die Probleme einen noch stärker, so es fast nicht mehr zu ertragen ist.

Wahnwitzigkeit nur selten vor Unheil schützt.

Ein Betrug eben immer ist eine ernste Sache.

Wenn du bist ein Angsthase, du also auch vor jedem Mädchen abhaust.

Kann weder Mutter noch Vater die Zwillinge auseinanderhalten, so es eben ist ein riesengroßes Familienproblem.

Willst du Gleiches mit Gleichem bezahlen, so bezahle einfach nur die Hälfte.

Was ist nicht sattelfest, nicht nur der Sattel auf dem Pferderücken sein muss.

Kannst du dich mal nicht erheben aus dem Bett, so bleibe einfach liegen und schlafe am besten noch einige Stunden.

Wenn es dir ist zu langweilig in deinen vier Wänden, so versuche es einmal mit einem Spaziergang an der frischen Luft.

Hast du eine gute Strategie für eine gute Angelegenheit, so überlege dir auch eine ausgeklügelte Taktik.

Bläst der Jäger ins Waldhorn, so er wohl warnt das Wild.

Singst du so gut vor dich hin, so versuche es nächstes Mal mit einem öffentlichen Auftritt.

Bist du arm wie ein Bettler, so versuche auf keinen Fall, noch einen Euro mehr für Lottospiel auszugeben.

Bist du ohne große Krankheiten durchs Leben gekommen, so man dir nur wünschen kann, sanft im Schlafe das Leben zu beschließen.

Was ist eitel, dies gar nicht vornehm sein muss.

Bist du ein Männel aus Tirol, so du eben ein lustiges Liedlein kannst singen.

Bist du ein Männel aus Tirol, so du eben kannst ein gehöriges Liedlein pfeifen.

Liest du in einer Historie, so du spannende Geschichten wirst entdecken.

Was ist fürstlich, dies von Glanz und Gloria zeugt.

Was Könige hinterlassen haben, das von Prunk und schöner Ausstattung zeugt.

Bist du ein Diener in fürstlichen Gefilden, so du auch öfters musst wunderschönes Tafelwerk putzen.

Was es so alles gegeben hat während vergangener Zeiten, dies am besten beschrieben ist in Büchern.

Bist du bei einem Autorennen auf offener Straße erwischt worden, so du meist zahlen musst eine gehörige Strafe.

Liegst du auf dem Sofa, so du ruhig schon anfangen kannst, etwas zu träumen.

Machst du die Drecksarbeit in einem Betrieb, so du manchmal stocksauer bist auf deinen Vorgesetzten.

Was ist nicht schlimm, aber schmerzt, wohl Kopfschmerzen sind.

Hast du öfter ein Lächeln auf deinem Antlitz, so du eben bist ein vornehmer Mensch.

Wenn man öfter einen witzigen Spruch parat hat, so du viele Probleme kannst leichter lösen.

Ob Tier oder Mensch, alle haben ein Herz, von dem abhängt ihr Leben.

Was ist von Belangen, das manchmal für wichtig erklärt wird.

Was ist von Belangen, das manchmal auch unwichtig sein kann.

Was ist von Belangen, das manchmal erst mal überprüft werden muss.

Schreibst du eine alte Story, so du wohl in deinem Erfahrungsschatz kramst.

Schreibst du eine alte Story, du wohl aus deinem eigenen Leben dazu tun kannst.

Schreibst du eine alte Story, du wohl viel hast erlebt.

Manchmal du wohl davon träumst, dass die bösen Geister sich selber das Licht auslöschen und du nur von schönen Dingen träumst.

Serviert dir ein Freund einen Kaffee, so bitte ihn ruhig, dass er dir etwas Nettes dazu erzählt.

Bist du ein guter Künstler, so du sicherlich auch kennst die feinsten Nuancen deines Schaffens.

Die Ewigkeit weit entfernt sein kann, Hauptsache in der Gegenwart alles ist in Ordnung.

Was alte Philosophen so haben beschrieben, meistens der Realität entsprach und nicht viel umhergegeistert wurde.

Eile mit Würde, aber vergiss die Realität nie.

Machst du etwas mit viel Eifer, so du immer der Erste sein willst.

Was ist haarsträubend, ist, zu verlieren seine Geldbörse.

Was ist mit Ekel, mit dem man am besten gar nichts zu tun haben will.

Frustrierend ist, wenn man sich dreimal am Tag muss duschen.

In einem Kalkofen nicht nur verbrannt werden kann Kalk.

Ins Abseits geraten man sogar kann mit seinem eigenen Leben.

Gespannt öffnest du die Fleischdose und bist gespannt, ob sie ist nicht schlecht.

Hast du etwas mit dem lieben Gott, so du dir wünscht immer, wie in den Wolken zu leben.

Grausam war im Krieg, wenn man sah, wie die Menschen in der Nähe kamen ums Leben.

Im Satz von Pythagoras vieles steht und man nicht nur die Seitenlänge konnte ausrechnen, sondern auch die dazugehörigen Winkel.

Was ist vererbt, das man meistens nur selten gebraucht.

Vererbt auch sein kann, wenn man ausüben kann hellseherische Fertigkeiten und Zauberkünste.

Als Jugendlicher man sich schon erfüllen kann, was man als Kind hat geträumt.

Bist du ein Taugenichts, so du niemals hattest eine Freundin und Hof und Haus erst recht nicht.

Meisterwerke der Musik nicht nur die Klassiker sind, sondern auch die moderne Musik viel zu bieten hat.

Wenn du gut gefühlt früh aufstehst, so verbraucht du dich am Abend wieder hinlegst.

Was du nicht kannst erfühlen, das du meist mit ganzer Händekraft zum Vorschein bringen musst.

Ist dir ein Kollaps nahe, so hör auf, miserable Gedanken zu haben.

Hast du ein Gebiss, so du es täglich mit Wasser spülen musst.

Was geht dir auf den Geist, dem gehe einfach aus dem Weg.

Bist du wie ein Vielfraß, du täglich nimmst drei warme Mahlzeiten zu dir.

Hat dich eine Schlange gebissen, das Gegenmittel meist nur schwer schnell zu beschaffen ist.

Wenn du dein Garagentor per Handyklick öffnen kannst, es erspart dir das vorzeitige Aussteigen aus dem Auto.

Was ist nicht gerecht, das meistens von keinem wird verteidigt.

Sind Bienen erst einmal im Stock, sie weiterarbeiten, um herzustellen den süßen Honig, oder leisten Hilfsdienste zur Versorgung der Königin.

Bist du außer dir vor Wut, so dir hat wohl jemand etwas geklaut.

Bei der Brotzeit meistens wirklich gegessen wird ein Brot mit leckeren Aufstrich.

Ist an der Schraubmaschine etwas zu groß, es einige Nummern heruntergeschraubt werden muss.

Ist dir der Tag zu lang, so gehe doch einfach in eine Kneipe.

Trinkst du einige Biere, so es manchmal dir vorkommt, als gehörte alles Schöne auf dieser Welt dir.

Wenn du bist ein Schreibmuffel, so du bei einem Brief nie den Absender drauf schreibst und außerdem alles abkürzt, was so möglich ist.

Stößt du manchmal als Verkäufer deiner selbst hergestellten Ware auf „Granit", so du überlegst, was man Neues anbieten kann.

Eine Zugmaschine durchaus einige Zugwaggons und die Lok kann fortbewegen.

Hast du angeborene hellseherische Fähigkeiten, so versuche doch mal, in einem Zirkus als Zauberer aufzutreten und das Publikum zu begeistern, Beifall und etwas Geld zu bekommen.

Wer an Herzschwäche leidet, der sollte auf keinen Fall Alkohol trinken und sich sportlich nicht übernehmen.

Was ist voller Kunst, das ausgestellt werden muss.

Ist das Klopapier alle, so manchmal und auch selten die Zeitung herhalten muss.

Wenn du von Natur aus sehr ängstlich bist, so lasse einfach niemanden an dich herankommen.

Liegt dir etwas auf dem Herzen, so erfülle es dir.

Liegt dir etwas auf dem Herzen, so versuche, es in die Tat umzusetzen.

Liegt dir etwas auf dem Herzen, so träume nicht lange und versuche, es dir zu erfüllen.

Wenn dir etwas ist angeboren, so bist du im Erwachsenenalter kein Baby und keine Weichnudel.

Wenn dir ist Fleiß angeboren, so du schon viel hast erreicht.

Fäulnis nicht nur Früchte haben können, sondern auch wir Menschen.

Bist du immer gut durchs Leben gekommen, so sei manchmal stolz auf dich und mache mit Erfolg weiter so.

Aus Hühnereiern nicht nur Küken schlüpfen können, nein, auch satt es uns machen kann.

Geht es dir den Umständen entsprechend gut, so du weiter hoffen kannst, bald genesen zu sein.

Babys viel schneller das Laufen lernen, wenn sie jeden Tag werden trainiert.

Hunde nicht nur gerne an der Leine gehen spazieren, sondern viel lieber es ihnen ist, ohne Leinenzwang einfach so herumzutollen.

Eine gute Leistung im Augenblick nicht davor schützt, es weiter zu tun.

Was ist unheimlich, dies auch von Geistern kann geschaffen sein.

Was ist unheimlich, von dem man sich erst mal ein Bild machen muss.

Was ist begrenzt, auch der dir verfügbare Bargeldbetrag sein kann.

Was ist begrenzt, das man erst mal ausloten muss.

Was ist begrenzt, dies auch dein Geisteszustand sein kann.

Was ist unheimlich, das auch ein grauer Regentag sein kann.

Was ist begrenzt, auch dein Vermögen sein kann.

Wenn du bist beleidigt, dich wohl dein Nachbar hat nicht gegrüßt.

Hast du Asthma, dann pass auf, dass du deine Mitmenschen nicht anniest.

Hast du gute Moralvorstellungen, so du diese gar nicht von Gott haben musst.

Was dir ist anerzogen, dies dir keiner kann nehmen.

Aberglaube auch Gotteslästerung sein kann.

Streichst du dein Haus neu, so es manchmal vorkommen kann, dass du aussiehst, als hättest du dich mit gestrichen.

Was ist mit einer Feile geschliffen, das manchmal wie neu gekauft aussehen kann.

Durchdringlichkeit nicht unbedingt Durchleuchtsamkeit bedeuten muss.

Was ist faszinierend, das erst einmal erdacht werden muss.

Bist du wie eine Blubberblase, so du den Mund einfach nicht zu bekommst.

Hast du immer das letzte Wort, so du sicherlich bist in einige Streitereien geraten.

Schießt du mit der Armbrust, so du nicht nur Geschick und gute Augen haben musst, um ins Schwarze zu treffen.

Wenn man ist kein Angsthase, so man einfach fährt mit der Achterbahn.

Autoscooter auch eine gute Angelegenheit sind, kann man doch die anderen Autos ein bisschen bremsen.

Wenn du bist wie ein Geist, so du auch kennst die Geister der Klassik.

Geht man durch den Wald und spannt sein Gehör voll auf, so man hört das Gekicher der Insekten und Kleinlebewesen.

Vor was du dich in Acht nehmen musst, das sind nicht nur die Regeln der Verkehrsordnung.

Was man vollauf bestätigen kann, das noch gar kein Ende haben muss.

Bist du ein schlechter Glücksspieler, du sicherlich hast schon viele tausend Euro ins Nichts versetzt.

Ein Handy zu bedienen, immer gut ist, kann man doch seine Freunde auf der ganzen Welt erreichen und dazu erfahren das Neueste aus Politik, Wirtschaft, Natur und Sport.

Bist du ein Alleswisser, so du den ganzen Tag sitzt am Computer oder hörst im Radio die neuesten Nachrichten.

Je bescheidener, desto schlauer du wirst.

Viel Können nicht jeder hat, darum du ruhig mal damit angeben kannst.

Was morgen kann passieren, dass du erst verschiebst und das Heutige erst mal hat Vorrang.

Was so alles mit einem kann passieren, dies man meistens nie vorher weiß.

Machst du eine Diät, du natürlich abnehmen willst, sodass dir passen deine verfügbaren Sachen.

Gehst du in den Discounter, so du gerne erfährst, was es so alles neu zu kaufen gibt.

Erhabenheit auch falsch als Angeberei kann verstanden werden.

Was ist billig, dies nicht immer real gut eingeschätzt werden muss.

Bist du recht höflich, so du vor den Mädchen gerne machst einen Knicks.

Arzneimittel nicht immer sind das richtige Mittel, um zu beseitigen die Schmerzen, manchmal es schon reicht, eine ordentliche Nahrung zu sich zu nehmen.

Bittest du jemanden um eine bestimmte Erlaubnis, so vergiss nicht, es mit den gültigen Moralvorstellungen zu tun.

Was sehr beschleunigt, dies gar nicht mal mit Überlichtgeschwindigkeit muss passieren.

Hältst du eine Andacht, so herrscht Stillschweigen um dich.

Mailst du eine Andacht, so du in die Bibel bist vertieft.

Mailst du eine Andacht, so glaubt Gott an dich.

Nach der Andacht du bis tief gerührt.

Alles, was ist edel, nicht nur Edelleute tragen müssen.

Alles, was ist edel, du sicherlich in deinem Schmuckkästchen hältst versteckt.

Spielen die Kinder Verstecken, so sie sind recht lebhaft bei der Sache.

Wenn du etwas Gutes mit deinem Alltag anstellst, um so beruhigter du am Abend kannst schlafen gehen.

Wenn du bist ein herzhafter Raucher, so du mindestens eine Schachtel am Tag verrauchst.

Hat die Mutter Sorgen mit ihrem Kind, so sie dieses öfters mal muss belehren.

Das Grundgesetz vieles besagt, aber wie reich man sein kann, darüber gar nichts steht.

Geht es dir mal nicht gut, so versuche, es zu bessern mit einer Flasche Bier.

Bist du erst mal schlau geworden, so du versuchst, noch schlauer zu werden.

Je vernünftiger und anständiger du auf andere wirkst, desto mehr wirst du akzeptiert.

Wenn du bist ein Schlingel, du im Einkaufsladen immer nur Bratwürste und Schnitzel kaufst.

Was ist mit Scharfsinn, da auch die richtige Würze ist.

Was ist mit Scharfsinn, dort erst einmal angepeilt werden muss.

Was ist mit Scharfsinn, dort gut überlegt wurde.

Wenn man ist im Chaos, man auf einmal nicht mehr heraus findet.

Bist du von großer Wissbegierde, du vielleicht hast nicht nur ein Studium.

Was ist homogen, dies meistens auch ist eleganter.

Was ist homogen, dort das Grundkonzept stimmt.

Wenn du dich sehr aufregst, du schon wieder deinen Antischnupfenspray vergessen hast.

Wenn du bist sehr erregt, du wohl nur wenige Stunden vor deiner Hochzeit bist.

Einiges im Leben ist umsonst, wie das gute Wetter und die frische Luft.

Was du kannst nicht bezahlen, dafür du eben musst Schulden aufnehmen.

Wenn man ist ein gerechter Mensch, so man schon mal sein Frühstück mit einem Armen hat geteilt.

Kommst du auf Abwege, so du dein Ziel erst Stunden später erreichst.

Ist man zu zimperlich, dies schon Andere nicht nur kann nervös machen.

Ist etwa von Belangen, so es meist Kleinigkeiten vorgeschoben wird.

Ist etwas skrupellos, so ist es die Wildhetzjagd eines Löwen oder Tigers.

Bei mancher Familie nicht nur einmal im Jahr ist Bescherung.

Wenn man lebt in Saus und Braus, auf einmal das Geld alle ist und alles ist vorbei.

Wie es sich für Gangsterbanden geziemt, das geklaute Geld untereinander wird verteilt.

Kommt es unter Gangstern einmal zu Mord und Totschlag, so wohl schuldig ist das zu wenig erbeutete Geld.

Bist du Heizer auf einer Dampflok, du immer das Gleiche tust, nämlich, auf die Kesselklappe und hinein das Schwarze Gold.

Blühen die Blumen im Garten noch so schön, auf einmal aber verwelkt sie sind.

Kommt es zu einem Gipfeltreffen der Politiker aus aller Welt, so versucht wird, allen Menschen dieser Erde zu helfen.

Hast du zu wenig Benzin im Tank deines Autos und ist die Tankstelle zu weit entfernt, so dir nichts anderes bleibt, als den Reservekanister aus dem Kofferraum zu nehmen und zu gehen zu Fuß bis zur Tankstelle.

Grüßt du deinen Nachbarn übern Gartenzaun, so der Tag im Garten noch vergnügter ist.

Triffst du wieder einen Schulfreund, so meist wird der Abend verquatscht, es wird getrunken und an schöne Erinnerungen gedacht.

Was erst noch war gut, dies schon sein kann im nächsten Moment sehr schlecht.

Alles ist schlimm, was einen kann treffen, wenn man wird krank.

Kann die Krankenkasse den Krankenhausaufenthalt nicht zahlen, so man eben hat Schulden.

Bist du begünstigt durch ein auf hohem Niveau stehendes Gehirn, so du eben kannst auch die schwierigsten Wissenschaftsaufgaben lösen.

Wer immer ist rotzfrech, der gerne verglichen wird mit einer aufmüpfigen Katze.

Ist deine Haushälterin mal nicht anwesend, so du alleine für Sauberkeit in deinem Haus musst sorgen.

Wer vom Geldbeutel sehr begünstigt ist, der sich auch leisten kann Raritäten.

Lebst du auf dem Nebengleis, so du sicherlich hast Haus und Frau verloren.

Wer zu viel raucht, der sich nicht zu wundern braucht, dass er hat auf einmal Lungenbeschwerden.

Bist du ein guter Reiter, so du sicherlich auch kannst mit deinem Pferd eine ansehnliche Show im Pferdeparcours bieten.

Achte stets darauf, dass du den ausgelutschten Kaugummi richtig beseitigst und ihn nicht nur spuckst aus dem Mund.

Wer ist ein Söldner, der auch vor dem Soldatentod hat keine Angst.

Machst du einen Scherz, so dies ist in Ehren und wenn jeder darüber lacht, so freut es dich noch mehr.

Was ist gut gekniffen, dies noch gar nicht getrennt sein muss.

Wenn du behutsam lenkst dein Auto, du noch keinen Unfall hast gebaut.

Was ist umsonst, dies meistens nur hat geringe Qualität.

Bist du ein wahrer Lügenheld, so du sogar schon angegeben hast einen falschen Namen.

Wenn ist etwas zu streng, die Schnüre gelockert werden müssen.

Was dir ist peinlich, ist, wenn du beim Tanzabend deiner Freundin auf den Schuh getreten bist.

Was ist verwirrend, ist, wenn man die vielen Städtenamen auf der Landkarte sich ansieht.

Bist du ein Frauchen, du mit deiner Katze verstecken spielst.

Hast du etwas genau genommen, so du ein exaktes Ergebnis kannst erzielen.

Hat dein Hund Drillinge geboren, du lange überlegst, ob du zwei Hundebabys verkaufst.

Ist etwas sehr eilig, so es auch spontan losgehen kann.

Glaubst du nicht an Gott, dann lasse doch das Oster-, Nikolaus- und Weihnachtsfest einfach aus.

Schmeckt dir im Restaurant ein Essen besonders gut, so hole dir dort vom Koch einfach das Rezept.

Wenn man nach einer Arbeitskündigung noch eine Abfindung bekommt, so kann dich dies auch nicht machen glücklich.

Was hängt, das noch lange nicht aufgehangen sein muss.

Ist die Ernte auch noch so gut, einige Fäulnis es immer gibt.

Bist du ein Rettungsschwimmer, du sicherlich schon hast Menschen vor dem Ertrinken gerettet.

Ist etwas in Klartext verfasst, so man sich daran auch halten sollte.

Wenn du bist ein Fußballspieler, du am liebsten spielst vor vollbesetzten Zuschauerrängen.

Wenn du bist ein Bauer mit Leib und Seele, du sicherlich hast einige Pferde und andere Tiere.

Nur einiges im Discounter ist sehr billig, meistens man muss viele Euro bezahlen, um Produkte zu kaufen.

Liebst du die Natur mit ihren Tieren, du nicht extra in den Tiergarten gehen musst.

Was ist streng geheim, das meistens nur ist wenigen zugänglich.

Wenn man ist von seinen Mitmenschen mit schlechten Vorurteilen belastet, so dieses einem das Leben noch schwieriger macht.

Wenn man ist mit schlechten Vorurteilen belastet, so einem die Menschen aus dem Wege gehen.

Isst du in der Frühstücksjause dein Stück Brot, so du danach mit vollen Kräften kannst weiterarbeiten.

Hagelt es manche Tage so vor sich her, du beruhigt sein kannst, denn es kommen wieder Tage voller Sonnenschein.

Was ist vorbestimmt, dies meistens auch geschieht.

Was ist einzigartig, ist das Genom jedes Lebewesen auf unserer Erde.

Bist du von „guten Eltern", so du im Leben mit allem zurecht kommst.

Was ist auf unbestimmte Zeit verschoben, das einen jeden Tag nervt.

Wenn man ist jeden Tag mit einer guten Tat, so man schon vieles hat getan.

Was nicht unbedingt zählen muss im Leben, ist, mit wie vielen Frauen man hat schon geschlafen.

Manchmal ein tollkühner Sprung Ehren wert ist, aber nicht nur der Turmsprung, sondern ein Lebenssprung gemeint ist.

Was zäh ist im Leben, nicht nur das zu essende Fleisch sein muss, sondern auch ein zäh gestalteter Alltag sein kann.

Ist etwas der Ehren wert, so man es sollte feiern.

Wenn die Eule ruft, so es meistens schon ist finstere Nacht.

Ein schrecklich verbleibendes Übel jedes Krieges sind die krüppligen Menschen, die in allzu großer Zahl vorkommen.

Bist du ein Nachtmensch, so du auch gerne gehst des Nachts auf Straßen und Wäldern.

Es ist nicht alles so übel, wie es meist von den Menschen wird erzählt und getan wird.

Fleiß einfach hat keine normalen Grenzen.

Fair ist, wenn man eine gefundene Geldbörse an ihren Besitzer zurückgibt.

Wenn ist alles so schön, so wohl ist voller Sonnenschein.

Hältst du dich öfters bedeckt, dann wohl deine Mitmenschen etwas popelhaft sind.

Glasklar nicht nur eine Fensterscheibe kann sein, nein, auch eine klare Aussage von dir zu bestimmten Vorgängen oder Aussagen des täglichen Lebens.

Liegt die Hochspannungslatte auch noch so hoch, man sich freut, wenn sie wieder übersprungen wird.

Der Faustkeil von den Urmenschen wurde benutzt, aber heutzutage man sich manchmal noch wünscht, einen Faustkeil in der Hand zu haben, um bestimmte Dinge noch besser zurecht zu hämmern.

Was manchen in die Ferne ist gerückt, ist, mehrmals im Jahr einen Urlaub zu haben.

Wenn du bist ein Ingenieur, so du hast Verantwortung über manchmal Dutzende von Arbeitern.

Was ist längs liegend, gar nicht längs liegend auf den Boden sein muss.

Machst du einen Spagat, so du wohl gerade eine Pfütze überspringst.

Klauen eine unehrenhafte Sache ist, man es also sein lassen sollte.

Nicht nur Pinguintiere aussehen, als hätten sie einen Anzug an.

Was ist streng limitiert, sind meistens Münzen und man sich freuen kann, wenn man davon einige besitzt.

Bist du wie ein Ungeheuer, du immer das Doppelte isst.

Auch nicht normal ist, jeden Tag zu haben dreckige Wäsche.

Weil bei dir nicht alles normal funktioniert, du am liebsten manchmal ausrasten würdest.

So als wäre jede Woche Bescherung, weil du hast zu viel Geld.

Kannst du dir nichts leisten, du öfters hast eine traurige Träne in deinen Augen.

Wenn es so ist, als dientest du in der Heilsarmee, dir alles im Leben überflüssig erscheint.

Kommt die Post manchmal etwas später, du nicht gleich ausrasten musst.

Hängen die reifen Früchte genau wie die schönen Dinge des Lebens auch nur so hoch, du keine Mühe scheust, sie zu ernten.

Ist eine Hau-Ruck-Aktion angesagt, du gerne daran nimmst teil, schließlich dient diese Arbeit dem Allgemeinwohl.

Wenn du bist immer bereit zum Sprung, du deine Aufgaben bei der Freiwilligen Feuerwehr immer erfüllst.

Sammelst du mit Leidenschaft Briefmarken, du auch schon hast Marken mit den seltensten Motiven.

Es ist nicht alles glänzend, was so schön in der Sonne glitzert.

Was du nicht bekommen kannst im Bastler-Laden, das du dir eben selber basteln musst.

Was ist dir an Kleidung zu klein, das brauchst du nicht anzuziehen, schenke es einfach Freunden.

Wenn du bist wie ein Vergissmeinnicht, du beim Einkaufen immer etwas vergisst.

Was ist haarsträubend, da man sich nur etwas mehr die Haare kämmen muss.

Wenn etwas schon alt ist, auch dein persönliches Outfit sein kann.

Bist du ein Boxer, du sicherlich vom Gegner eine gegen die Brust bekommen hast, sodass du am Boden lagst.

Wie manches gut gerundet ist, so nicht nur in der Mathematik.

Ist man sehr kleinlich, so man jeden Cent seiner Ersparnisse zählt.

Ist mal etwas zu krumm, so man es nur gerade biegen braucht.

Bist du wie ein gebrauchter Typ, so du öfters wie ausgepowert durch die Gegend läufst.

Alles, was kann passieren, einen Anfang hat und meistens auch ein Ende.

Bist du sehr geschwind, so du sicherlich die 100 Meter im Sprint unter 11 Sekunden läufst.

Ein Gartenzwerg im Garten nicht nur dasteht, um gut ins Bild zu passen, er auch so manchen Vogel verscheucht.

Eile mit Weile, hab dabei aber keine Langeweile.

Wenn du bist in dich vertiefst, du wohl gleich einschläfst.

Wenn du so vor dich hin döst, du wohl gleich einschläfst.

Bevor man etwas beginnt, man sich ruhig kann machen einen Ablaufplan.

Wie es kann kommen zu Scherereien, man die Ursachen sollte finden.

Die Wetterberichte heute fast alles richtig voraussagen und sollte es mal anders kommen, nehmen wir dies einfach so hin.

Willst du am Nachmittag baden gehen, so hoffe, dass dann immer noch ist purer Sonnenschein.

Wenn du bist ein Angsthase, so du immer rot wirst im Gesicht, wenn dich anspricht ein Mädchen.

Profiskispringer bis weit über 200 Meter fliegen können, der normale Skitourist ist froh, wenn er es schafft, von einer Anhöhe einige Meter zu springen.

Wenn man ist ein kausaler Typ, man die Ursachen eines Missgeschickes immer bei sich selber sucht.

Schlechte Begebenheiten manchmal haben wenigstens noch einige gute Seiten.

Manchmal man sich wünscht, man habe einen Schutzengel, und so leicht in einen göttlichen Glauben verfällt.

Es ist nicht alles von der Stangenwurst, was der Fleischer den Kunden kann anbieten.

Ein Hurrageschrei wenigstens von Anderen kann gehört werden.

Was einem tief am Herzen liegt, dies erfülle dir bald.

Bist du schon erwachsen, du dir wohl schon einige Jugendträume erfüllt hast.

Glaubst du immer an Gott, so dir die Kirche in schwierigen Situationen immer steht zur Seite.

Manche Bücher so interessant sind, das man sie mehrmals hat gelesen.

Wenn man ist ein Gauner, man schon eingebrochen und entwendet hat teuren Schmuck.

Ist ein Verkehrsstau auf der Autobahn, man damit sich tröstet, zu hören die gute Musik aus dem Autoradio.

Es ist nicht alles wert, was man so hat an Utensilien in seinem Zuhause.

Langfristigkeit einem dabei helfen kann, wertvolle Stücke aus Stoff oder Metall zu schaffen.

Was des Schusters Wunsch ist, ist, seine Schuhe nur mit Maschinen bearbeiten zu können.

Es ist nicht alles Gold, was glänzt, aber schön anzusehen es trotzdem ist.

Wie man pinkelt bloß in den Eimer, man wohl ist zu bequem, den Weg zur Toilette zu gehen.

Hast du einen guten Freund, so schenke ihm öfters etwas, das hält die Freundschaft noch mehr aufrecht.

Gummi durchaus auch hart sein kann.

Was ist gut gestellt, das meistens erst einmal ausgelotet werden muss.

Tierisch erst nur in schwierigen Situationen zu sein braucht.

Was man nicht weiß, das man noch dazu lernen muss.

Bist du wie ein Rindvieh, du von deinen Mitmenschen wirst nicht ernst genommen.

Was ist begrüßenswert, dass man eben in seinen Alltag sollte aufnehmen.

Was ist belanglos, das du ruhig mal liegen lassen kannst.

Wenn man hat eine größere Liegenschaft, so man diese auch sauber halten muss und verwalten außerdem noch.

Kletterst du auf einen hohen Berg, so du dich darauf freust, auf der Spitze des Berges einen grandiosen Ausblick zu haben.

Wenn etwas ist alt, so man es meistens verschrottet.

Um eine Beziehung noch enger zu gestalten, einem sollte viel Gutes einfallen.

Es ist nicht Jedermanns Sache, in bestimmten kniffligen Situationen zu halten den Mund.

Was hat kurze Beine, auch Lügen sein können.

Schön anzusehen ist ein Wasserfall, die höchsten Wasserfälle begeistern die Touristen am meisten.

Was gut klingt, nicht nur ein Musikinstrument sein muss, auch ein daher trillernder Vogel es sein kann.

Wenn du bist mit jemandem auf „Du und Du", du ihm auch die größten Geheimnisse verrätst.

Wenn du bist ein Nachtmensch, du sicherlich gern schaust in den Himmel und beobachtest Sterne und Mond.

Wozu man einmal gezwungen wurde, davon man bekommen kann Albträume.

Was du machst mit viel Ehrgeiz, dies dir macht meistens auch Spaß.

Wenn du bist ein Vagabund, du dich aufhältst auch in der Fremde anstatt zu Hause.

Die Staufer und Welfen ein Adelsgeschlecht sind, das die Vorfahren aller Deutschen ist.

Was ist eng begrenzt, dort auch kein Mensch mehr hinein passt.

Fröhlichkeit meistens am Abend in geselliger Runde sich auftut und manchmal endet in Ektase.

Was ist nur nicht verflixt, dies aber schon sein kann kompliziert.

Legt das Huhn ein Ei, so es meistens vom Hahn gibt ein Gekrähe.

Was ist selten, dies auch einzigartig werden kann.

Ist es ein teuflisches Werk, so der Satan auch nicht weit weg ist.

Warst du den ganzen Tag gut drauf, du am Abend zur Rennstrecke gehst.

Wer sein Lebensziel hat verpasst, der es eben ein weiteres Mal muss probieren.

Wer im Leben sich ins Abseits gedrängt fühlt, der sich am besten einen Lebenspartner sollte suchen.

Was du auf Anhieb nicht kannst erreichen, du eben noch einmal solltest probieren.

Wie man ist immer auf dem neuesten Stand, so man sich macht auch gerne einige Notizen.

Was du nicht kannst als gültig belegen, auch eine Hausarbeit sein kann.

Was ist zu filigran, auch ein bunter Vogel sein kann.

Trägst du den ganzen Monat die gleiche Wäsche, du eher zu faul bist, deine Kleidung öfters zu waschen.

In der Jungsteinzeit es nicht nur Jäger und Sammler gab, auch die ersten Werkzeuge wurden benutzt.

Gräbst du im Garten ein tiefes Loch, es nicht gleich für ein Begräbnis sein muss.

Bist du übertrieben wie eine Putzfee, so es auch nicht mehr glänzt, als wenn du normal sauber machen würdest.

Was ist ohne Sorgen, dies aber auch nicht ist mit überhöhten Kosten.

Was ist gut anzusehen, dies eben ist gut fürs Auge.

Willst du dich ausruhen, so strecke alle Viere von dir und schließe deine Augen.

Wenn du bist wie ein Vierbeiner, du bei jeder Kleinigkeit einen Laut von dir gibst.

Ist etwas unbestimmt, so es erst einmal analysiert werden muss.

Hast du eine gute Moral, so du eben hast ein gutes Bewusstsein.

Hast du eine gute Moral, so dir vieles leichter fällt.

Hast du eine gute Moral, so du viele Probleme des Alltags leichter kannst lösen.

Hast du eine gute Moral, so du viele Situationen besser kannst beurteilen.

Hast du eine gute Moral, so du besser kannst Gut von Böse unterscheiden.

Hast du eine gute Moral, so du besser kannst Entschlüsse treffen.

Hast du eine gute Moral, so du an nichts kannst scheitern.

Wenn man ist stetig im Wachstum begriffen, so man beruhigt alt werden kann.

Vieles hat einen Horizont, der dem echten Horizont am Himmel sehr ähnlich ist.

Gehst du mit Volldampf durchs Leben, so du bist wie eine Dampflok.

Bist du einer von „Kunterbunt", du dir das Leben abwechslungsreich gestaltest.

Wenn man ist ohne Sorgen, man jeden Tag beruhigend angehen kann.

Hast du etwas mit viel Fleiß begonnen, so man es mit viel Ausdauer will beenden.

Hast du einen genialen Plan, so du dir nur noch die richtigen Helfer musst suchen.

Siehst du jemandem verblüffend ähnlich, so tausche dich mal mit ihm aus.

Kannst du einen Handstand, so versuche mal, auf zwei Händen dich fortzubewegen.

Ist Ärger im Anmarsch, so eröffne die Offensive.

Weil du bist ein Held, musst du natürlich auch als Vorbild wirken.

Kannst du dir mal nicht verzeihen, so bitte um eine neue Erlaubnis.

Was ist streng geheim, das auch du nicht erfahren darfst.

Ist Unheil im Anmarsch, so blase du zur Offensive.

Verstößt dein Auto gegen den CO_2-Standard, so du musst es umrüsten.

Alles, was als gut bezeichnet wird, auch du nicht auf einmal kannst kaufen.

Es ist nicht alles Gold, was glänzt, aber viel öfter es vorkommt, dass das, was glänzt, aus Gold ist.

Bist du im Umbruch, so bitte ohne Sorgen.

Ist der Hunger erst einmal gestillt, man beruhigt kann schlafen gehen.

Eile sehr schnell, aber ohne Ende, das geht nicht.

Ist dir warm ums Herz, so bleibe weiterhin in der Sonne liegen.

Ist dir warm ums Herz, so lebe deine große Liebe weiterhin.

Sitzt man in der Kneipe und ist schon etwas wacklig auf den Beinen, so es eben schwer ist, nach Hause zu kommen.

Was ist nicht rund und auch nicht kantig, eine bestimmte Form muss es oben haben.

Was ist vakant, dies meistens hat einige Schwierigkeiten.

Bist du in einer gefährlichen Situation, so versuche einfach, vom Pferd zu springen.

Es ist nicht alles Unsinn, einiges, was in den Spielfilmen im Kino oder Fernsehen gezeigt wird, wirklicher Herkunft ist.

Wie man ist erschöpft und verbraucht am Abend von der Arbeit, so locker und so gelöst man sich am Morgen fühlt.

Manche mit ihrem vielen Geld auf dem Konto angeben, sie sollen lieber für die Armen etwas spenden und bescheiden in der Öffentlichkeit auftreten.

Wo ein Muss ist, dahinter ein guter Wille steckt.

Wenn man etwas ergattern will, man meistens noch andere fragen muss.

Wenn etwas ist ziemlich brenzlig, alle aus dem Weg gehen müssen.

Wenn etwas ist ziemlich brenzlig, die höchste Gefahrenstufe ausgerufen wird.

Wenn etwas ist ziemlich brenzlig, alle Einsatzkräfte bereit sein müssen.

Wenn etwas ist ziemlich brenzlig, einer auf den anderen hören muss.

Wenn etwas ist ziemlich brenzlig, die Ordnungskräfte in Bereitschaft gerufen werden müssen.

Wenn etwas ist ziemlich brenzlig, ein Ausscheren von Einzelnen es nicht geben darf.

Wenn etwas ist ziemlich brenzlig, das Glück uns hold sein muss.

Wenn etwas ist ziemlich brenzlig, das Funk- und Datennetz richtig koordinieren müssen.

Wenn etwas ist ziemlich brenzlig, alles in die Leitzentrale übertragen werden muss.

Wenn etwas ist ziemlich brenzlig, alles mit allen gut koordinieren muss.

Wie der Hirte auf der Flöte spielt, so sich die Schafe bewegen.

Wenn etwas ist wie eingemacht, gar nicht mal es sich um eingewecktes Gemüse handeln muss.

Wenn etwas ist wie eingemacht, auch bedeuten kann, dass alles „wie am Schnürchen" läuft.

Wenn etwas ist unheimlich, wir wohl manchmal einer Sinnestäuschung unterliegen.

Wenn etwas ist unheimlich, Gott und die Welt uns etwas aufzeigen wollen.

Wen etwas ist unheimlich, unsere Sinne etwas Spektakuläres wahrnehmen.

Ist etwas nicht klein, aber auch nicht groß, so es meistens so groß wie ein Mensch ist.

Du kannst dir vieles vormachen, aber an der Realität du nicht scheitern solltest.

Was der Inbegriff von Liebe ist, ist, Kinder zu haben.

Ist etwas gewaltsam erfolgt, so die Täter unbedingt gefasst werden müssen.

Ist etwas gewaltsam erfolgt, so unbedingt die Polizei die Verfolgung der Täter aufnehmen muss.

Wenn du bist ein Weltenwandler, so du die Länder dieser Erde schon hast besucht.

Hast du ein Auto, so sei froh darüber, bist du doch immer zur rechten Zeit an deinem gewünschten Ort.

Nostalgie ist meistens etwas Altes mit einem bestimmten Wert.

Bist du mit deinem Auto nicht durch die Tür gekommen, du dir kaufen musst ein neues Gefährt.

Einige Lebenssprüche jeder drauf hat, obwohl es gibt wahre Sprüchemeister.

Wenn alles ist alt, deine Kleidung schon nach Motten riecht.

Wenn alles ist alt, deine Kochtöpfe schon haben Löcher.

Wenn alles ist alt, deine Bücher voller Staub besetzt sind.

Wenn alles ist alt, im Seniorenheim immer noch lustige Geschichten erzählt werden.

Wenn alles ist alt, dein Auto immer noch vom TÜV zugelassen ist.

Wenn alles ist alt, deine Urkunden und Pokale noch aus der Jugend stammen.

Wenn alles ist alt, du schon über 80 Jahre alt bist.

Hast du Gottes Segen, du dich auf den Pilgerpfad kannst begeben.

Wenn du um etwas Rechtes kämpfst, so du nur immer fair sein musst.

Wenn du bist mit Begleitschutz, du wohl bist ein General oder Politiker.

Was es zu verhindern gilt, ist, dass ein umher fallender Wolf einige Tiere der Schafherde reißt.

Bist du seit deiner Geburt ein schüchterner Junge, du also nicht hast eine Frau.

Manches ist nicht aus Gold, sondern aus Blei und darum sehr wertlos.

Einiges viel Schwindel ist, was die Leute so erzählen, darum passe immer auf, dass du nicht tappst in eine Falle.

Was man einst bei sich selber nicht kann vertragen, ist wohl, zu viel Übergewicht zu haben.

Bist du gut gelaunt, du wohl hast ein spannendes Buch gelesen.

Bist du gut gelaunt, deine Frau wohl ein Baby hat geboren.

Bist du gut gelaunt, du wohl eine Gehaltserhöhung ausgezahlt bekommst.

Bist du gut gelaunt, dir wohl der Fernsehabend hat gefallen.

Bist du gut gelaunt, du wohl ein nettes Mädchen hast kennengelernt.

Rohkost nicht nur gut schmeckt, sondern auch viele Vitamine darin stecken.

Was ist auf Schusters Rappen, nicht nur ein guter Wanderweg sein muss.

Bist du allein zu Hause, so spiele am besten mit deiner Hauskatze.

Wie du glaubst an Engel im Himmel, so du sie dreimal am Tag anbetest.

Was ist filigran, nicht nur dein geschicktes Handwerk sein muss.

Hast du eine gute Verkaufsstrategie, so dein Umsatz beträchtlich sich hat gesteigert.

Es ist nicht „alles Gold, was glänzt", aber dein Handwerk ein goldenes Juwel ist.

Hast du einen Witz von dir erzählt, wohl niemand meistens zuhört und nur du selber darüber lachst.

Frei wie ein Vogel, kann man sich doch auf der ganzen Erde frei bewegen.

Was du kannst bestellen, manchmal nur ist dein Mittagessen.

Kommt dir etwas sonderbar vor, so du nicht gleich die RNA feststellen musst.

Ist etwas aus Tritt und Fugen geraten, so du es manchmal nur ein klein wenig zurecht schieben brauchst.

Bist du ins Abseits geschoben worden, so kämpfe dich wieder an die Spitze.

Was du kannst bestellen, dass du nur bezahlen brauchst, um es zu bekommen.

Manchmal mit einer kleinen Entschuldigung so mancher Streit ist widerlegt.

Alles, was der Mühe wert ist, manchmal auch von großem Ausmaße ist.

Legst du auf etwas Wert, so du dies meistens nur aussagekräftig tun musst.

Was ist ein Paradoxon, dies manchmal sogar Symbolcharakter haben kann.

Ist deine Katze dir entschwunden, so du sie an ihren Lieblingsspielorten musst suchen.

Will dich einer verarschen, so zeige du ihm einfach deinen Hintern.

Tust du nur rechtes Zeug, du eine rechte Antwort kannst verlangen.

Hast du mit jemandem Mitleid, so lasse ihm ruhig eine Spende zukommen.

Was ist dir viel wert, das lerne auch gut schätzen.

Du hast manchmal Glück, als hättest du eine Glücksfee zur Seite.

Mit deinem Habitus du wohl manchmal kannst angeben.

Du rauchst so viel, als wärest du ein Kraftwerksschornstein.

Was ist nichts wert, das du nicht immer musst wegschmeißen.

Alles, was ist aus Gold, nur mit viel Geld aufgewertet werden kann.

Was du bei einer Schrift nicht kannst verstehen, du eben im Duden musst nachschauen.

Hast du einen Wellensittich zu Hause, so lehre ihm am besten, einige Sätze zu sprechen.

Willst du dich vergnügen am Abend, so gehe am besten ins Theater.

Im Ballhaus nicht nur einfacher Ringeltanz angesagt ist.

Ist für deine Mitmenschen nicht alles verständlich, was du so tust, so erkläre ihnen am besten deinen Tatendrang.

Weil du bist ein Siegertyp, du überall der Erste sein willst.

Wenn die Autos und Lkws erst einmal fahren mit Strom, die Sorgen um die Stromversorgung noch größer werden.

Kapierst du alles, was im Leben so passiert, du schon sein musst ein kleines Genie.

Arbeit einen nicht nur kann reich machen, sondern kann auch schädigen deine Gesundheit.

Suchst du in einer Streitfrage dein Recht, so lasse dich am besten von einem Rechtsanwalt belehren.

Wer in Diebesfragen steht vor Gericht, der meist mit mehreren Jahren Haft rechnen muss.

Bist du sehr gesprächsbereit, so dein Handy auf Dauerbetrieb steht.

Wie bei einem Feuerausbruch alles auf Alarm steht, so schnell die Feuerwehr am Brandort steht.

Bis du voller Lügen, du schon keine Freunde mehr hast.

Bleibst du mit deinem Handeln und Tun nicht immer „auf dem Teppich", so es sein kann, dass du auf einmal auf einem kalten Fußboden stehst.

Bist du voller Lügen und ohne Charme, von dir keiner mehr etwas wissen will.

Wenn du bist ein Brot- und Brötchenbäcker, so du die Ware zu einem fairen Preis selbst verkaufst.

Was ist nicht ausgeschlossen, das aber dennoch nicht passieren muss.

Hast du ein Theaterstück geschrieben, du dich schon auf die Premiere freust.

Bist du voller Lügen, du dabei nicht mal rot wirst im Gesicht.

Wenn aufspielen die Wirtshausmusikanten, Tanz, Spaß und Freude angesagt sind.

Bist du ein Lausbub, dich niemals eine Mücke juckt.

Bist du wie ein Affe, du gerne isst Bananen.

Ist alles rechtens, so du viele Dinge kannst erleben.

Tust du etwas mit Gewalt, so dir Gewalt kann entgegen kommen.

Bist du ein Tourist, so du in der neuen Gegend alles kannst erkunden.

Bist du im Rechnen gut, so du alles kannst dividieren und multiplizieren.

Bist du mal nicht gut „bei Kassa", so du dir eben musst was borgen.

Manchmal im Unterbewusstsein abenteuerliche Dinge verborgen sind.

Wenn man ist ein guter Wanderer, man am Tag bis zu 100 Kilometer zu Fuß zurücklegen kann.

Es ist immer in Gottes Hand, uns vor schrecklichen Dingen zu bewahren.

Das Straußenei wohl ist eines der größten Eier im Tierreich.

Im Sturm auf „hoher See" schon so manches Schiff ist gesunken.

Ist dein Auto erst einmal ein alter Oldtimer, du ihn noch liebevoller kannst instand halten.

Alles, was ist mit Argwohn, meistens kein Müßiggang ist.

Drehst du etwas um, du wohl das Gleiche siehst.

Wenn du bist ein guter Tänzer, du natürlich auch einen Tango kannst.

Wenn du bist ein Tänzer, du natürlich auch mal ausflippst.

Wenn du bist ein guter Tänzer, du viele Standardtänze kannst.

Wenn du bist ein guter Tänzer, du vom vielen Tanzen schon hast krumme Beine.

Wenn du bist ein guter Tänzer, für deine gute Kondition hart trainieren musst.

Wenn du bist ein guter Tänzer, du deine Partnerin zur Frau gemacht hast.

Wenn du bist ein guter Tänzer, du auch kannst einen guten Stepptanz.

Wenn du bist ein guter Tänzer, du auch die amerikanischen Indianertänze gut beherrscht.

Wenn du bist ein guter Tänzer, du immer eine „flotte Sohle" hinlegen kannst.

Wenn du bittest um Gottes Unschuld, du immer ohne Sünde in der Öffentlichkeit aufgetreten bist.

Was gut rollt, auch dein Auto sein kann.

Hast du ein gutes rollendes Gefährt, so du die halbe Sicherheit dabei hast.

Bist du ein Penner, so du die Frühstückszeit immer verschläfst und erst um 12 Uhr mittags aufstehst.

Bittest du um Gottes Andacht, du dich wohl hast ein bisschen versündigt.

Tust du etwas umsonst, aber nur, wenn du dies gut überlegt hast.

Ein Hühnerstall meistens voll mit Hühnern und auf einmal voll mit Eiern.

Nur wenige kennen alle Tierarten in einem Zoo.

Gehst du durch den Zoo, so dir sicherlich die großen Giraffen auffallen, sie könnten mit ihren langen Hälsen deinen Hut vom Kopfe wegfegen.

Bist du mal wenig bei Kassa, so bringe doch einfach für einige Euro die kleinen Kinder deiner Freunde in den Kindergarten.

Bist du etwas reich, so du hast sicherlich einen Nerz zum Bekleiden.

Heilt eine Wunde nicht, so versuche doch einfach, die Wunde mit Jod zu behandeln.

Was ist streng verboten, daran du dich halten solltest, bist du auch noch so ein Draufgänger.

Rauchst du sehr viel und möchtest du am liebsten damit aufhören, so versuche es doch einfach mal mit Kaugummi oder Kautabak.

Was ist waghalsig, das meistens ist schwer oder unanständig.

Bist du sehr hellseherisch, so du am besten kannst das Wetter für die nächsten Tage vorhersagen.

Alles, was du findest als schön, andere aber als hässlich betrachten können.

Bist du ein Maurer und möchtest noch freier sein, so schließe dich doch einfach der Freimaurergilde an.

Fährt etwas langsam, dort wohl die Handbremse betätigt wurde.

Stehst du mit Magenschmerzen auf, so trinke einen Magenbitter.

Wer ist nicht still im Schulunterricht, der von seinen Nachbarn „eine geschmiert" bekommt.

Was ist grausam, das gar nicht mal selten sein muss.

Wie Pioniere in der DDR gesungen haben, war einzigartig.

Ein Soldat ist in Friedenszeiten nicht bekümmert, in Kriegszeiten um sein Leben fürchten muss.

Ist erst einmal Rost auf dem Stahl, so er meistens nur kann verschrottet werden.

Busse viel langsamer fahren als normale Autos, dafür aber mehr Personen hinein passen.

Was ist stetig, gar nicht mal im Wachstum sein muss.

Bist du ein Erntehelfer, du so viele Früchte essen kannst, wie du willst, das schadet dem Ertrag eben nicht.

Bist du wie eine Spinne, du wohl aus jeder kleinen Episode ein großes Netz spinnst.

Was ist verblüht, deine eigene Tatenkraft sein kann.

Wenn man jedes halbe Jahr einen zu viel trinkt, so auch meistens keiner hat etwas dagegen.

Wenn du bist räuberisch, so du gerne mit einem Raubritter verglichen wirst.

Hattest du viele Freunde, so du auch viele gute Erinnerungen hast.

Ein Brot so hart werden kann, als stamme es aus dem vorigen Jahrzehnt.

Ein Brot so hart werden kann, als stamme es aus der Steinzeit.

Wenn du bist mit Titeln und Ehrungen überhäuft, du als Krönung auch Ehrenbürger einer Stadt bist oder geschlagen worden bist zum Ritter.

Güte und Ehre nur dem zukommen, der auch hat geholfen den Armen.

Wenn du bist ungütig, du Ware zu erhöhten Preisen hast verkauft.

Fehlte es dir beim Fußballspielen etwas an Talent, du es eben nie geschafft hast, in höheren Ligen zu spielen.

Es ist nicht alles unfair, wenn man beim Rugbyspiel fällt auf den Boden.

Singst du eine Rolle im Theater, so du auch etwas lauter singen musst können.

Wo auffliegt ein Schwindel, dort bald Detektivarbeit geleistet werden muss.

Bist du mit den Allerheiligen, du deine Wünsche kannst äußern.

Um beim Handballspiel viele Tore zu erzielen, man nicht nur einige Sprungtricks muss beherrschen.

Was der Unvernunft größte Schmach ist, ist, wenn Menschen kommen zu Schaden.

Was wächst auch, dein dicker Bauch und dein Körpergewicht sein können.

Hast du viel Können, so du ruhig mal „auf den Putz hauen" kannst.

Wer immer war zu einer Großtat bereit, den man mal auszeichnen sollte.

Summa summarum nichts mit Addieren zu tun hat, sondern mehr mit einer Endgültigkeit.

Wenn du bist ein Sportler einer Liga, so du an starker Konkurrenz wirst gemessen.

Alles, was heil und hilflos wirkt, auch du selber im hohen Alter sein kannst.

Verfolgt dich das Pech in deinem Leben, so versuche, die Ursachen festzustellen, um dann mehr Glück zu haben.

Glück nur manchmal von Glückseligkeit kommt.

Bist du mit viel Energie bei der Sache, so du eben bist meistens erfolgreich.

Bist du mit viel Energie bei der Sache, so dein Lebensstand nicht so schnell leer wird.

Es ist abgöttisch, zu glauben, dass nur das, was mit dem Teufel zugeht, zu verachten ist.

Bist du von Beruf ein Seelsorger, du nicht nur Menschen triffst, deren Seele am Abgrund wandert.

Bist du von Beruf ein Seelsorger, du nicht nur Menschen betreust, die seelisch krank sind, sondern auch physisch krank sind.

Hast du schon mehrere Frauen zum Standesamt geführt, so kommt es auf eine Frau mehr auch nicht an.

Gleichgesinnte zu allen Fragen des Alltags sich beraten und Pläne ausarbeiten.

Manchmal „ein Katz- und Mausspiel" zwischen der Polizei und dir zwingt die prekäre Situation auf.

Wenn man ist ein Söldner, so man auch in schwierigen Zeiten muss dienen.

Hast du den Anschlusszug verpasst, so du auch manchmal die Nacht im Bahnhofsgebäude musst verbringen.

Ist ein Schmuckstück erst einmal gestohlen, so es schwer ist, es wieder zu beschaffen.

Was ist hinterhältig, ist, wenn einem auf offener Straße wird gestohlen die Geldbörse.

Ist Schlechtwetter angesagt, so man bleibe am besten zu Hause.

Wenn man ist Arbeiter in einem Betrieb, so man haben will gleichen Lohn für gleiche Arbeit.

Aufsässigkeit auch ist, immer der gleichen Frau einen Deal anzubieten.

Ökonomisch nicht ist für einen Bauern, statt Maschinen Arbeitskräfte für Handarbeit einzusetzen.

Machst du einen Deal mit einem Freund, so du erwartest gleichen Lohn für gleiche Arbeit.

Nicht in jedem Haushalt eine Putzfrau wird benötigt, manche Hausbesitzer es sich einfach nicht leisten können.

Bist du auf etwas scharf, so erwirb es am besten gleich.

Was ist verbesserungswürdig, das uns alle was angeht.

Was ist verbesserungswürdig, das angepackt werden sollte.

Was ist verbesserungswürdig, das uns alle auf den Plan rufen sollte.

Was ist verbesserungswürdig, dies für eine bessere Zukunft ausgeführt werden sollte.

Schreist du im Wald um Hilfe, dich wohl eine Schlange oder eine große Spinne hat gebissen.

Was ist umsonst, das eben nichts kostet.

Hast du ein gutes Gehirn, so du dich immer darauf kannst verlassen.

Schlägt die Mentalität mal bei dir durch, so mache dir nichts draus, ein jeder mit Verdruss hat ein bisschen Ruß.

Hast du ein gutes Gehirn, so du viel mehr mit dir anstellen kannst.

Wenn du bleiben sollst in Ebbe und Ehrfurcht, so bescheiden auch deine Handlungen sind.

Hast du ein gutes Gehirn, so dir viel mehr in deinem Leben gelingt.

Ehrfurcht nur wenig oder selten mit Angst zu tun hat.

Bist du ein toller Draufgänger, so du eben schon bist von einer Klippe ins Meer gesprungen.

Hast du ein gutes Gehirn, so du ruhig sein kannst ein toller Draufgänger.

Manchmal höre gut hin, aber verrate dich nicht.

Was sich stetig nach vorn entwickelt, auch mal ein Ende haben muss.

Mischst du dich in eine Streiterei, so du selbst eine geklebt bekommen hast.

Bist du wendig wie ein Wurm, so du wohl auch in den kleinsten Löchern bohrst.

Kündest du deinen Beistand an, so meine dies auch ehrlich.

Hast du viele Ideen, so versuche einmal, ein Patent anzumelden.

Was ist klein, das eben nicht groß ist.

Bist du Ehrenbürger einer Stadt, so du viel wirst herumgereicht.

Was ist voller Willen, das meistens auch ist gut gelungen.

Hast du ein Mädchen verführt, so verwöhne sie am besten.

Was ist signifikant, dies meistens ist von großer Bedeutung.

Wenn du hast kein Toilettenpapier, so du eben nur kannst die Zeitung benutzen.

Manche so viel angeben, als wären sie ein Paradiesvogel.

Wer nimmt ein Bad in der Menge, der auch zum Schwitzen kommen kann.

Wenn du bist ein „lausiger Bube", du immer mit ungekämmtem Haar umherläufst.

Es ist nicht immer alles gut, was als gut gepriesen wird.

Was du ziehst ins Kalkül, das manchmal besonders spitzfindig ist.

Was ist von Bestand, das manchmal besonders gut ist.

Hat der Förster auch einige Wölfe in seinem Wald, so die Jagd noch besser ausfällt.

Gloria und Prunk, Armut und Elend, davon berichten alte Philosophen aus der Antike.

Schneit es zur Weihnachtszeit, Kindlein es noch mehr freut.

Manchmal nur man so gut ist, wie man sich vornimmt.

Manchmal nur man so gut ist, wie man sich bettet.

Haust du auf die Pauke, so du sicherlich auch hast eine Posaune.

Wer immer ist gut gelaunt, der im Leben meist auch mehr erreicht.

Wenn du bist ein Schlagersänger, du sicherlich schon hast mehrere hundert Lieder gesungen.

Bist du wie „Verdammt in alle Ewigkeit", so dir das Leben meist besonders schwerfällt.

Es ist nicht alles anstößig, was man als lästig bezeichnet.

Kommst du manchmal frühmorgens schwer in Gange, so versuche es mal mit Morgensport.

Was des Ritters Pferdehufe hergeben, davon der Ritter muss leben.

Was ist vakant, dies man nicht riskieren sollte.

Was alte Philosophen erzählen, dies sollte man genau lesen.

Ist etwas unberührt, so man es sollte weiterhin in Ruhe lassen.

Es ist nicht alles Gold, was glänzt.

Liegst du in der Sonne, so lasse dich ruhig braun färben.

Der, dem viel gelingt, auch hat meistens etwas mehr Kleingeld.

Was so vor sich hin schlummert, nicht nur deine Katze sein muss, sondern auch du selbst sein kannst.

Wenn du bei einer Parade die Fahne trägst, du damit auch eine Ideologin vertrittst.

Hast du viele alte Sachen, so schmeiße ruhig auch mal einiges weg.

Wohnst du an einem See oder Fluss, so du das Paradies direkt vor der Haustür hast.

Lebst du am Bodensee, so du dich rühmen kannst, am größten See Deutschlands zu leben.

Ereilt dich ein Missgeschick nach dem anderen, so du eben bist ein ausgemachter Pechvogel.

Was ist geil, das auch manchmal unvernünftig ist.

Spartakus im alten Rom vom Sklaven zum Heerführer aufgestiegen ist und beinahe hätte die Sklaverei abgeschafft.

Was ist riskant, dies einen auch führen kann in eine Schieflage.

Allem Übel zum Trotz, auch wenn der Schaden nur klein ist.

Hast du eine Weggefährtin, so schenke ihr öfters mal etwas.

Man ist manchmal nur so gut, wie man von Anderen gemacht wurde.

Es ist nicht alles übel, was stark riecht.

Wenn etwas ist peinlich, so man es manchmal nur zu beseitigen braucht.

Wenn man in der Stadt Waldbrandgeruch riecht, so sollte man sich ins Bette legen und durchaus einige Stunden mehr schlafen.

Lebst du wie im Schlaraffenland, dir wohl auch die Schuhe geputzt werden und die Kleidung gewaschen wird.

Lässt du deinen Nachbarn in der Schule immer wieder abschreiben, so verbiete deinem Nachbarn einfach das Abschreiben.

Bist du voller Glückseligkeit in deinem bisherigen Leben, so du sicherlich auch schon gewonnen hast im Lottoglücksspiel.

Bist du nicht mehr „Herr" über deine Handlungen, so besorge dir einfach einen Berater.

Schiefnäsigkeit nicht von einer krummen Nase kommt.

Bist du bei einer Laudatio an deine Freunde, so einfach mal deinen Freunden nur gratulieren.

Weil du bist ein geiler Mensch, du schon viele Abenteuer hast erlebt.

Haderst du mit dir, so ärgere dich aber nicht so sehr.

Hast du eine Todsünde begangen, reicht eine Entschuldigung auch nicht mehr.

Wenn du bist ein lahmer Bock, du eigentlich mit einem Lama verglichen werden könntest.

Ist etwas nicht ausreichend, so du dies eben erweitern musst.

Ist etwas unzureichend, du es erstmals ausreichend machen musst.

Passt dir etwas „nicht in den Kram", du es neu sortieren musst.

Manchmal es besser ist, etwas neu zu beginnen, als in den „alten Schubladen" umher zu wühlen.

Wenn man ist ein guter Sportler, so man gleich mehrere Sportdisziplinen kann trainieren.

Es ist nicht alles okay, was man so an einem Tag bekommt geboten.

Der Mensch eigentlich hat eine harte Schale ähnlich wie eine Walnuss.

Bist du schon einmal mit einem U-Boot geschiffert, so du sicherlich hast gesehen die faszinierende Unterwasserwelt.

Hast du schon Hochzeit gefeiert, so du deine Partnerin wirst noch mehr lieben.

Bist du voller Unbehagen, so du dich befindest in einem schlechten Körperzustand.

Bist du mit viel Frevel, so brauchst du nicht gleich in Angstzustände zu verfallen.

Wenn du bist „ein Meister vieler Dinge", so du kannst mehrere Berufe ausüben. Wie du bist zu anderen Menschen, so eben auch sind die Mitmenschen zu dir.

Manchmal eine Entschuldigung für ein Vergehen nicht ausreichend ist.

Wenn es dir geht beklommen, so du vielleicht schon hast Kopfschmerzen.

Weil du bist „voller Rache", du mit allen Mitteln willst zuschlagen.

Was heiß begehrt ist, auch schon ein heißer Kaffee sein kann.

Spukt es in deinem Haus, so räume mal wieder richtig auf.

Bist du voller Eleganz, so du auch eine gute Schlittschuhkür kannst hinlegen.

Wenn in deinem Haus alles ist sauber, weil du jeden Tag etwas machst in Ordnung.

Wie im Schlaraffenland leben, nicht nur Pascha können.

Bist du gerade auf Reisen und dich überkommt der Hunger, so pflück doch einfach einige Früchte von den Bäumen und Sträuchern im Wald oder am Straßenrand.

Alles Schlechte, was einen kann überkommen, ist ein Unwetter mit Sturm und Hagel.

Weil du gerade eben gemacht hast einen schlechten Witz, dich als Antwort deine Mitmenschen verspotten.

Wie du mit „allen Schikanen" in deinem Gehirn immer die „richtige Kurve" kriegst.

Was ist ungünstig, das man eben nicht kaufen sollte.

Wenn du bist nicht behämmert, du auch keine Nägel brauchst.

Hast du zu viel Kleingeld, so kaufe dir nicht nur einen Lutscher.

Wenn du bist ohne Sorgen, dir wohl jemand hilft.

Geht eine Strategie mal daneben, so eine neue Taktik ausgearbeitet werden muss.

Wenn du bist immer so arglos, um dich wohl der richtige Wind pfeift.

Wenn du bist immer so arglos, du wohl immer die richtigen „Nuancen" wählst.

Wenn du bist immer so arglos, du wohl das Richtige aus Büchern hast erfahren.

Wenn du bist immer so arglos, du eben an nichts verzweifelst.

Wenn du bist immer so arglos, du wohl von jeder „Trübheit" die gute Seite kennst.

Wenn du bist immer so arglos, du wohl für alles die richtige Spürnase hast.

Eine Schaufel ein Wunderwerk ist, mit der einen Seite man kann schaufeln, mit der anderen Seite man kann glätten.

Für manchen nichts ungeheuerlicher ist, als zu brechen sich Arm oder Fuß.

Der Freude Wunder ist die Schadenfreude.

Wenn man mit dem richtigen Wind über die Wellen surfen kann, so man viel Freude dabei hat.

Was steht geschrieben in der Heilkräuterfibel, das man für seine Gesundheit kann nutzen.

Vieles auch nur mehr sein kann.

Glaubt man Spukgeschichten, so man wohl an Fabelwesen und Dämonen glaubt.

Nur wer schnell und fleißig kann arbeiten, der auch viel verdient.

Machst du deinen Urlaub auf einem großen Ausflugsschiff, du dir vorkommen kannst wie ein „Klotz im Protz".

Alles, was ist vergütet, das schon eine Mindestqualität aufweist.

Bist du auf einem sinkenden Schiff, so du Glück haben musst, um mit dem Leben davonzukommen.

Bist du wie ein Spross, so du eben bist kein Klotz.

Hitze und Sonnenschein im Überdruss und man kann verfallen in Ohnmachtszustände.

Wenn eine Ware ist heiß begehrt, so sie meistens schnell vergriffen ist.

Es ist nicht alles gütig, was als gut angepriesen wird.

Bist du in deiner Stube ganz allein, so schalte einfach Fernseher oder Radio ein, um dich wenigstens zu unterhalten.

Wenn du wirst gefeiert, so du wohl hast etwas gewonnen.

Wenn du bist ein ausgemachter Scharlatan, du in der Jugend mehrmals hast die Schule geschwänzt.

Wenn du bist ein Schwindler, deine Geldgeschäfte nicht ganz ehrlich sind.

Stinkt etwas, so es nicht nur im Schweinestall sein muss.

Hast du mit Geldwäsche zu tun, du sicherlich auch zu einem gefährlichen Kartell gehörst.

Alles, was ~~ist~~ erstrebenswert sein sollte, auch nützlich sein sollte.

Es muss noch nicht der Abgrund sein, in den du tief kannst versickern.

Der Gang zum Standesamt sein sollte der schönste Lebensweg der Geliebten.

Was ist unzüchtig, das gar nicht mal mit Vermehrung zu tun haben muss.

Es ist nicht alles Schwindel, was ein Schurke kann erzählen.

Die Vernunft immer dann siegt, wenn sich einig sind die verschiedenen Parteien.

Trinkst du „auf dein Wohl", dann nicht mit zu viel vom Alkohol.

Übergibst du dich, so sicherlich du hast eine faule Frucht gegessen.

Was wird mit dem Mut der Verzweiflung hergestellt, auch ein neuer guter Prototyp werden konnte.

Machst du es dir bequem, so du den Erholungseffekt nicht missen möchtest.

Bist du immer sehr schweigsam, so du deine Meinung meistens für dich behältst.

Was ist lausig, nicht immer mit einer Laus zu tun haben muss.

Bis du meistens sehr kaputt, musst du gar keinen Schaden am Körper haben.

Es ist nicht alles günstig zu erwerben, was es zu kaufen gibt.

Interessieren dich die Baustile der Geschichte, so du sicherlich auch deswegen sehr viel um die Welt gereist bist.

Weil du bist ein Opfer einer Gewalttat, so du den Rest deines Lebens als Rentner leben musst.

Auch für das, was schwierig ist zu realisieren, ein Weg zum Ziel gefunden wird.

Auch weil die Welt im „Großen und Ganzen" sehr human ist, lässt es sich auf der Erde gut leben.

Manchmal es schwierig ist, etwas zu besorgen, so man nur mal im Internet nachzuschauen braucht.

Wenn etwas wie ein Wunder erscheint, es gar nicht mal zu den sieben Weltwundern muss gehören.

Auch wenn manche Dinge sehr lustig erscheinen, sie trotzdem nur zur Normalität gehören.

Wenn ist etwas wacklig, kann es auch der Sahnepudding sein.

Wenn du bist verrückt, fährst du mit 100 km/h durch die Stadt.

Weil du still vor dich hin lebst, will keiner von dir etwas wissen.

Haben die Menschen mit dir kein Mitleid, du wohl noch mehr bettelst.

Weil alles so eingeschränkt ist, die Schranken an der Bahn auch länger sind geschlossen.

Weil du gerne mit der Bahn fährst, nennen dich die Leute schon Bahn-Jou.

Ist etwas nicht harmonisch genug, kann es auch sein dein selbst komponiertes Musikstück.

Alles, was ist gütig, das eben auch genügend ist.

Was man muss kacken, das wenigstens wird zu Dünger oder Energie.

Klebt etwas, auch die Fliege am Fliegenfänger sein kann.

Ist etwas nicht gut, so es vielleicht noch ausreichend ist.

Bist du ein eingefleischter Junggeselle, du allen Mädchen gehst aus dem Wege.

Ist ein Musikstück schwer zu spielen, eben Profis geholt werden müssen.

Hast du die Schule mit ungenügend abgeschlossen, so eine harte Strafe folgt und Mutter und Vater dich stundenlang in die Besenkammer einschließen.

Was ist gebügelt, muss auch nicht nur glatt sein.

Ist eine Ikone beschädigt, muss eben ran der Gipsmann.

Wenn du bist auf Beutezug, du schon viele Utensilien hast eingesammelt.

Wenn du bist wie ein Langhase, du besonders gut hörst.

Was ist mit vollem Bestand, das leicht überfüllt sein kann.

Wenn du bist ein guter Rechner, du in Windeseile einen Zahlbruch kannst ausrechnen.

Wenn du bist wie ein Wiesel, du besonders gerne auf dem Rasenboden dich aufhältst.

Hat dich ein Ungeziefer gebissen, etwas Alkohol darüber reiben und schon vergessen ist der Stich.

Jeder weiß, was Homo sapiens ist, er war in der Steinzeit unserer Vorfahren und viele primitive Angewohnheiten sind uns geblieben.

Trinkst du einen Schnaps, du gerne auch wissen willst, wie er heißt und woher er kommt.

Mit zunehmendem Alter man nicht mehr sich extra einen Schlafanzug vor der Nachtruhe überstreift, man mit gewöhnlichen Haussachen sich hinlegt und genauso gut schläft.

Ist bei dir Katzenstille angesagt, du keinen Ton in deiner Umgebung willst mehr hören.

Bist du mal sehr erbost, die Postfrau falsche Briefe in deinen Briefkasten hat getan.

Willst du etwas loswerden, du es einfach wegschmeißt.

Ist etwas eine Nullrunde, nicht ein mathematisches Nullergebnis gemeint ist.

Auch Ziegen einen Bart besitzen.

Fällst du in Ohnmacht, dann sei zufrieden, dass du wieder aufwachst.

Steht beim Fußballspiel ein Remis am Ende zu Buche, meistens beide Mannschaften den verlorenen Punkten nachtrauern.

Die meisten Spitzensportler in der ganzen Welt bekannt und geachtet sind.

Wird etwas unheimlich, auch Vorgänge am Tag sein können.

Bist du ein Dieb „erster Klasse", du dein ganzes Leben hast geklaut und nie erwischt wurdest.

Manchem sogar die kalte Mahlzeit aus der Dose schmeckt, obwohl er hat genügend Geld, sich Teller voll Mahlzeiten zu leisten.

Gibt der Esel einen Laut von sich, er danach Kot ausscheidet.

Wenn du bist mit allen Ehren, du immer das Richtige getan hast.

Bist du noch rüstig auf den Beinen, so mach ruhig beim Fußballspiel einen Seitfallzieher.

Hast du bei einem Fußballspiel den Siegestreffer erzielt, so du rennst eine ganze Stadionehrenrunde.

Bist du mit einer Hiobsbotschaft unterwegs, du das schnellste Verkehrsmittel, das dir gerade zur Verfügung stand, genommen hast.

Die Unvernünftigen manchmal wollen am liebsten regieren.

Da wir vom Homo sapiens abstammen, uns Jagen und Sammeln liegen im Blute.

Das, was von klein auf gezüchtet wurde, meistens recht possierliche Tiere sind.

Aller Strategie Unterarten sich zu einer großen Familie können formen.

Was schnell auf zwei oder vier Beinen ist, meistens recht possierliche Tiere sein können.

Wirst du mal gewogen, du wohl schon hast über 100 Kilogramm.

Ist der Andrang auch noch so groß, auf einmal auch du dran bist.

Wenn man ist mit überhöhter Geschwindigkeit gefahren, einem auch der Führerschein kann entzogen werden, dann ist der Ärger auch noch so groß, muss man dort zur Arbeit mit Fahrrad fahren oder zu Fuß gehen.

Was man kann nicht erzählen, dies eben nirgends steht geschrieben.

Für Altpapier, wenn man es zur Sammelstelle gibt, durchaus einige Cent bekommen kannst, aber die meisten Menschen es sowieso nur in den Mülleimer werfen.

Was ist aus heiligem Grunde, das auch Gott kann vertreten.

Des Weihnachtsmannes liebste Beschäftigung ist, den kleinen Kindern etwas Schönes zu bereiten.

Bist du schmeichelhaft davon gekommen, so lasse es dir eine Lehre sein für nächstes Mal.

Was du tust aus Ärger, das lasse nicht ein zweites Mal passieren.

Hast du einen Ablass, so lasse es am besten in der Kirchenverwaltung liegen.

Wer ist ein Betrüger, den manchmal das Leben hart bestraft.

Bist du auch noch deine letzten Habseligkeiten losgeworden, so wandere am besten ins Ausland.

Wer gut betucht ist, der meistens auch hat viele Ersatzteile.

Das, was in Gottes Macht steht, man gar mal im Voraus weiß.

Was in Gottes Macht steht, das man manchmal gar nicht glauben kann.

Was in Gottes Macht steht, das imposant und eindrucksvoll sein kann.

Was in Gottes Macht steht, das zu neuen Errungenschaften kann führen.

Was in Gottes Macht steht, das mächtig und stark machen kann.

Willst du noch mehr im Leben erreichen, so du dir nur neue Ziele musst vornehmen.

Wenn man ist ein Ehebrecher, so man schuldig wird gesprochen.

Glück ist viel, aber eine Ehre zu haben noch viel mehr.

Ist etwas sehr boshaft, so muss es nicht gleich mit dem Teufel zugehen.

Was ist streng limitiert, das meistens auch hat seinen hohen Preis.

So manchen Kaugummi aus einem Heft man auch meterweit kann ausspucken.

Was ist der Ehre wert, das meistens auch sein Symbol hat.

Hühner, die weit fliegen können, es nur selten gibt.

Wenn etwas ist schnurgerade, so es meistens auf dem Boden liegt.

Ist etwas sehr boshaft, so gar nicht Hexen vorkommen müssen.

Über manchen Wind man sich ärgert, aber an einem gewaltigen Sturm man auch kann verzweifeln.

Wie etwas ist wie Spagat, schon sein kann, die Beine zu grätschen.

In einem Raumschiff zu sitzen, bisher nur einige 100 Astronauten und Kosmonauten war vergönnt.

Der Anfang jeder Seite sich zu einem gewaltigen Ende empor schleudern kann.

Hast du einen Sechser im Lotto, du erst mal deine Freunde einlädst und mächtig feierst.

Wildtiere nicht nur geschossen werden, sondern manche Tiere in Zoos und Tiergärten behutsam betreut werden.

Der Autor

Werner Marx wurde am 12. Juni 1957 in Dahme/Mark im Land Brandenburg in Deutschland geboren. Er erlernte den Beruf des Maschinisten für Kraftwerke. Vor allem bei Ablegen des Abiturs begann er viel zu lesen. Als er mit 28 Jahren aufgrund einer physischen Krankheit Rentner wurde, interessierten ihn Bücher immer mehr. Mit „Meine Aphorismen" stellt Werner Marx ein Werk vor, das manchmal gereimt oder doch etwas witzig tägliche Begebenheiten auf das Korn nimmt und so ein unterhaltsames Leseabenteuer bietet.

Der Verlag

> *Wer aufhört
> besser zu werden,
> hat aufgehört
> gut zu sein!*

Basierend auf diesem Motto ist es dem novum Verlag ein Anliegen, neue Manuskripte aufzuspüren, zu veröffentlichen und deren Autoren langfristig zu fördern. Mittlerweile gilt der 1997 gegründete und mehrfach prämierte Verlag als Spezialist für Neuautoren in Deutschland, Österreich und der Schweiz.

Für jedes neue Manuskript wird innerhalb weniger Wochen eine kostenfreie, unverbindliche Lektorats-Prüfung erstellt.

Weitere Informationen zum Verlag und
seinen Büchern finden Sie im Internet unter:

w w w . n o v u m v e r l a g . c o m